KB078293

독고진 장편 소설

FUSION FANTASTIC STORY

100마일

100MILE

100마일 5

독고진 장편 소설

초판 1쇄 찍은 날 § 2015년 5월 20일
초판 1쇄 펴낸 날 § 2015년 5월 27일

지은이 § 독고진
펴낸이 § 서경석

편집책임 § 한준만

펴낸곳 § 도서출판 청어람
등록번호 § 제387-1999-000006호
등록일자 § 1999. 5. 31
어람번호 § 제1-2133호

주소 § 경기도 부천시 원미구 부일로 483번길 40 서경B/D 3F (우) 420-822
전화 § 032-656-4452 팩스 § 032-656-4453
http://www.chungeoram.com
E-mail § chungeorambook@daum.net

ISBN 979-11-04-90244-4 04810
ISBN 979-11-04-90145-4 (세트)

독고진 장편 소설
FUSION FANTASTIC STORY

100마일
100MILE

⑤

100마일

100MILE

CONTENTS

Chapter 1

《차지혁을 잡기 위한 메이저리그 구단들의 치열한 영입 전쟁!》

2026년 메이저리그의 오프시즌 딜(off-season deal), 쉽게 하는 말로 스토브리그(stove league)는 그 여느 때보다도 뜨겁다. 바로 단 한 명의 선수, 자랑스러운 대한민국의 투수 차지혁(대전 호스크, 만19세)을 서로 영입하기 위해서다.

현재 많은 메이저리그의 구단들은 차지혁 앓이 중이다.

뉴욕 양키스, 보스턴 레드삭스, 텍사스 레인저스, 세인트루이스 카디널스, LA 다저스, LA 에인절스, 디트로이트 타이거스 등등 이름만 들어도 알 만한 최고의 메이저리그 구단들이 차지혁을 영입하기 위해 치열한 영입 전쟁을 치르고 있다.

한국 프로 야구 역사에 한 획을 그은 차지혁을 차지하기 위한 각 메이저리그 구단들은 이미 최소 5년 2억 달러부터, 최대 10년 3억 달러라는 믿기지 않을 초대형 계약서를 서로 제시하고 있는 상황이다.

지금까지 그 어떤 투수도 이런 초특급 대우를 받은 적은 없다. 2026년 현재까지 메이저리그 최고의 이적생으로는 일본인 투수 다나카 마사히로를 꼽는다. 2014년 당시 뉴욕 양키스와의 계약에서 포스팅 금액(2천만 달러) 포함 7년 1억 7500만 달러를 기록했고, 이는 2026년 현재까지 무려 12년간 깨지지 않고 있다. 하지만 올해가 지나가기 전까지 이적 계약서에 도장을 찍겠다는 YJ에이전시 황병익 대표(차지혁 에이전트)의 말에 의하면 새로운 계약 기록이 생겨날 예정이다.

차지혁을 영입하기 위해 대전 호크스에 지불해야 할 바이아웃 금액 350억을 포함하면 실질적으로 차지혁은 다나카 마사히로보다 무려 1억 달러 이상의 금액을 기록할 가능성이 크다. 그렇다면 차지혁의 최종 행선지는 어디일까?

모 설문 기관의 조사에 따르면 대다수의 국민들은 뉴욕 양키스 행을 바라고 있었다. 차지혁이 만약, 메이저리그 최고의 명문 구단인 뉴욕 양키스와 계약을 하게 된다면 한국인으로서는

4번째로 뉴욕 양키스의 유니폼을 입는 선수가 된다. 뉴욕 양키스 다음으로는 한국인들에게는 가장 유명한 LA 다저스가 꼽혔고, 그 밑으로는 나머지 구단들이 모두 대동소이했다.

차지혁의 에이전트는 모든 구단들의 이적 협상을 공평하게 바라보고 있으며, 무엇보다도 선수 본인의 의견에 따라 가장 좋은 환경의 구단을 선택할 것이라고 전했다.

2026년 한국 프로 야구 무대에 첫발을 내딛은 차지혁 선수는 데뷔 년도에 한국 프로 야구의 역사를 새로 작성하며 1년 만에 천문학적인 금액을 받으며 메이저리그로 이적을…….

◎ 한국 스포츠 장남영 기자.

작성일 : 2026년 12월 6일 일요일.

─뉴욕 양키스 한 표! 악의 제국이니 어쩌니 해도 양키스 유니폼을 입을 수 있다는 것 자체가 이미 야구 선수로서는 최고의 성공이라 할 수 있는 거 아닌가? 난 차지혁이 핀스트라이프를 입고 마운드에서 공 던지는 모습을 보고 싶다!

ㄴ같은 생각입니다. 한국인이 뉴욕 양키스에서 에이스로 마운드에 선다고 생각해 보면 이것보다 더한 영광과 뿌듯함은 없습니다.

ㄴ그렇다고 또 무슨 영광이냐? 세계 최고의 투수인 차지혁이 양키스 유니폼 입어준다는 걸 영광이라 여기면 또 모를까.

ㄴ세계 최고 같은 소리 하고 있네. 차지혁이 대단한 건 사실이지만, 메이저리그 가봐야 아는 거 아닌가? 국내에서 아무리 외계인 소리 들었어도 메이저가면 또 어떻게 될지 모르는 거다. 막말로 난타당해서 세계 최고의 먹튀 소리 들을 수도 있다.

ㄴ아직도 차지혁 까는 놈이 있네? 너 같은 놈 올 초에 X나 많았다. 그런데 지금 거의 사라졌지. 너도 내년 이맘때면 조용히 아닥하고 있거나, 차지혁 깐 적 없다는 듯 미친 듯이 빠순이 짓하겠지!

─제발 보스턴으로 가라! 보스턴 암흑기를 차지혁이 선두에서 끊어줬으면 좋겠다!

ㄴ차지혁 한 명 간다고 보스턴 암흑기가 달라질 리가 없죠. 보스턴 가서 차크라이되는 모습 보고 싶지 않네요.

ㄴ차크라이가 뭔가요?

ㄴ차지혁+크라이(cry)=차크라이. 잘 던지고도 승수 못 쌓아서 우는 선발 투수들을 빗대어 하는 말입니다.

─친한국 구단인 LA 다저스! 박호찬, 유혁선의 뒤를 이어서 다시 한 번 LA 다저스에서 한국인 투수가 뛰는 모습

을 보고 싶다!

┗다저스 좀 지겹지 않나? 생소한 팀에서 뛰는 것 좀 보고 싶은데.

┗다저스 추천! 어설프게 전혀 모르는 팀에서 뛰는 것보다는 익숙한 팀이 좋습니다. 그리고 결정적으로 다저스에서 뛰어야 현지 생중계로 경기 보기가 편함! 한국에서 응원하는 팬들을 위해서라도 다저스로 갔으면 합니다.

┗확실히 다저스 경기가 보기는 편하지.

─우승을 원한다면 가을 좀비 카디널스로 가자! 메이저리그 그 어떤 팀보다 우승 확률 높은 팀이 가을 좀비다! 카디널스랑 종신 계약 맺고 우승 반지 5개만 끼웠으면 좋겠네!

─염병! 자이언츠는 왜 없는 거야? 차지혁만 영입하면 진짜 막강 선발진 꾸릴 수 있는데!

─디트로이트! 디트로이트! 10년 3억 달러다! 무슨 말이 필요한가!

─3억 달러 준다고 했던 팀 또 있질 않았나? 프로는 돈이지! 무조건 돈 많이 주는 팀으로 가라! 돈 많이 받아야 팀에서도 그만큼 대우해 주고, 기회도 많이 줄 수밖에 없다!

┗콜로라도 7년 3억, 샌디에이고 8년 3억. 소문에 샌디

에이고 구단주는 4억도 줄 수 있다고 하더군요. 샌디에이고 야구계 만수르 아니랄까 봐, 돈 자랑 확실하게 해주네.

ㄴㅋㅋㅋ 야구계 만수르! 5년 안으로 샌디에이고 믈브에서 최강팀 되겠네!

ㄴ돈만 있다고 과연 될까? 야구는 좀 다를 거라고 생각되는데.

ㄴ다르긴 뭐가 달라? 어차피 프로는 돈이다. 지금이야 슈퍼스타들이 샌디에이고, 콜로라도 같은 갑부 구단주 돈질에도 움직이지 않지만 그게 언제까지 유지될까? 진짜 작정하고 돈 풀면 슈퍼스타들도 하나둘 흔들릴 수밖에 없다. 한 놈만 제대로 엮으면 굴비 엮듯 줄줄이 따라간다. 축구나 야구나 어차피 프로 스포츠는 다 똑같다!

ㄴ돈이 최고긴 하지. ㅋㅋ

─5년 2억 달러. 계약금 얼마일지 모르지만, 계약 총액으로만 따지면 평균 연봉 4천만 달러. 한화로 400억 넘는다. 이건 뭐 완전 넘사벽이네. 중요한 건 차지혁이 4천만 달러 끊으면, 이제 줄줄이 4천만 달러짜리 선수들 생겨나겠군.

ㄴ내 나이 42! 연봉 4,100만! 달러가 아닌 원 ㅠㅠ

＊　　　＊　　　＊

"각 구단에서 제안을 해온 계약 초안서입니다."

황병익 대표는 엄청나게 두툼한 서류철을 차례차례 테이블 위에 올려놨다.

서류철 표면에는 각 구단의 이름이 대문짝만 하게 프린트 되어 있었다.

대충 봐도 각 구단마다 30~40장 정도는 되어 보이는 서류가 서류철에 담겨져 있었다.

"설마 이걸 제가 일일이 다 확인해야 하는 겁니까?"

보는 것만으로도 답답해질 정도의 양이었다.

이 많은 걸 모조리 확인하려면 엄청난 시간을 소비해야 할 것 같았다.

"확인하고 싶다면 얼마든지 확인을 해봐도 됩니다."

히죽 웃는 황병익 대표의 말에 나는 재빠르게 고개를 저었다.

"절대 확인하고 싶지 않습니다."

이런 걸 대신 해주는 사람이 에이전트다.

나까지 나서서 내용을 일일이 살펴볼 이유가 없었다.

황병익 대표는 이윽고 들고 다니는 서류 가방에서 몇 장의 서류를 다시 내 앞에 내밀었다.

"계약 초안서에 담겨 있는 중요 내용들을 압축해서 정리

했습니다. 이건 반드시 차지혁 선수 본인이 꼭 봐야 합니다."

본인이 꼭 봐야 한다는 말을 유독 강조하는 황병익 대표의 말에 서류를 확인했다.

다행이라면 7장 정도밖에 되질 않았고, 내용도 아주 간단하게 정리가 되어 있어 순식간에 확인을 할 수 있었다.

⟨뉴욕 양키스⟩

계약 기간 : 7년.

계약금 : $20M.

연봉 총액 : $230M.

지급 옵션 : 20게임 선발 출장.

계약 총액 : $250M.

보너스 조항 :

사이영상 투표 3위, 10만 달러, 1순위 상승 시 추가 5만 달러.

AL(American League) MVP 투표 5위, 10만 달러, 1순위 상승 시 추가 5만 달러.

WS(World Series) MVP 30만 달러.

GG(Gold Glove) 20만 달러.

올스타 선정 10만 달러.

승리 수당 1만 달러.

선수 옵션(Player's option) :

부분 트레이드 권한.

마이너리그 거부권.

5시즌 옵트아웃(opt out) 가능.

초상권 수익 배분 비율 30%.

바이아웃 : $100M.

〈보스턴 레드삭스〉

계약 기간 : 8년.

계약금 : $30M.

연봉 총액 : $240M.

지급 옵션 : 23게임 선발 출장.

계약 총액 : $270M.

선수 옵션(Player's option) :

부분 트레이드 권한.

마이너리그 거부권.

4시즌 옵트아웃(opt out) 가능.

초상권 수익 배분 비율 30%.

바이아웃 : $120M.

〈LA 다저스〉

계약 기간 : 7년.

계약금 : $25M.

연봉 총액 : $225M.

지급 옵션 : 20게임 선발 출장.

계약 총액 : $250M.

선수 옵션(Player's option) :

트레이드 거부권.

마이너리그 거부권.

4시즌 옵트아웃(opt out) 가능.

초상권 수익 배분 비율 40%.

바이아웃 : $100M.

〈세인트루이스 카디널스〉

계약 기간 : 5년.

계약금 : $20M.

연봉 총액 : $150M.

지급 옵션 : 20게임 선발 출장.

계약 총액 : $170M.

선수 옵션(Player's option) :

부분 트레이드 권한.

마이너리그 거부권.

초상권 수익 배분 비율 50%.

바이아웃 : $80M.

〈디트로이트 타이거스〉

계약 기간 : 10년.

계약금 : $50M.

연봉 총액 : $250M.

지급 옵션 : 15게임 선발 출장.

계약 총액 : $300M.

선수 옵션(Player's option) :

부분 트레이드 권한.

마이너리그 거부권.

7시즌 옵트아웃(opt out) 가능.

초상권 수익 배분 비율 30%.

바이아웃 : $150M.

〈텍사스 레인저스〉

계약 기간 : 10년.

계약금 : $40M.

연봉 총액 : $270M.

지급 옵션 : 20게임 선발 출장.

계약 총액 : $310M.

선수 옵션(Player's option) :

트레이드 거부권.

마이너리그 거부권.

6시즌 옵트아웃(opt out) 가능.

초상권 수익 배분 비율 40%.

바이아웃 : $150M.

〈LA 에인절스〉

계약 기간 : 6년.

계약금 : $30M.

연봉 총액 : $230M.

지급 옵션 : 20게임 선발 출장.

계약 총액 : $260M.

선수 옵션(Player's option) :

트레이드 거부권.

마이너리그 거부권.

5시즌 옵트아웃(opt out) 가능.

초상권 수익 배분 비율 60%.

바이아웃 : $100M.

계약서의 내용들은 거의 비슷비슷했다.

계약 기간과 연봉이 조금씩 다르긴 했지만, 큰 차이는 없었다.

보너스 조항들도 거의 같았다.

중요한 건 선수 옵션이었다.

트레이드 거부권과 부분 트레이드 권한은 말 그대로 트레이드 자체를 완전히 거부하거나, 일부 구단에 한해서 트레이드를 허용한다는 뜻이었다.

옵트아웃의 경우 FA제도가 있던 시절 가장 유용하게 써먹을 수 있었던 조항이다.

에인절스를 기준으로 설명한다면 6년 계약 중 5년은 반드시 에인절스에서 뛰고, 나머지 1년에 한해서 기존 계약대로 에인절스에서 뛸 것인지, 연장 재계약을 맺을 것인지, 다른 구단과 새로운 계약을 할 것인지를 결정할 수 있는 권리인 것이다.

물론 구단의 동의를 얻어야 하겠지만 실제로는 선수 의지에 따라 결정되고 있었다.

마지막으로 초상권 수익 배분 비율 차이가 생각보다 컸다.

특히 양키스, 보스턴, 디트로이트의 경우 30%밖에 인정해 주지 않았기에 가장 짧았고, 에인절스의 경우 그 두 배인

60%까지 인정해 주고 있었다.

"초상권 수익 배분이 가장 중요합니다. 유혁선 선수의 경우 은퇴 마지막 해에 초상권만으로 600만 달러를 벌어들였습니다. 당시 LA 다저스에서 인정한 초상권 수익 배분 비율이 25%였습니다."

연봉 외에 추가 수입이 600만 달러였다.

실제로 메이저리그 초상권 재벌이라 불리는 일부 선수들의 경우 매년 2천만 달러가 넘는 수익을 기록한다고 했다.

여기에 스폰서 계약과 광고까지 더하면 매년 벌어들이는 돈이 어마어마했다.

유혁선 선배 역시 한때는 연봉보다 초상권과 스폰서, 광고 등으로 더 많은 돈을 벌었다는 기사가 있었다.

때문에 스포츠 선수에게 초상권 수익에 대한 배분 비율은 굉장히 중요한 문제였다.

"대전 호크스에서도 올 한 해 동안 차지혁 선수로 인해 벌어들인 수익이 100억을 넘었다고 합니다."

들어서 알고 있었다.

황병익 대표가 계약 후에 초상권에 대한 배분을 받지 못해 얼마나 미안해했는지도 아직 생생하게 기억하고 있다. 그렇기에 이번 이적 계약에서 초상권 배분은 황병익 대표가 가장 중요하게 여기는 부분 중 하나였다.

하지만 양키스나 보스턴 등은 이 부분에 있어서 30% 이상을 인정해 주지 않았다.

"전례가 없는 일이라……."

입맛을 다시며 아쉬워하는 황병익 대표였다.

양키스에서 뛰는 슈퍼스타들도 초상권 배분에 있어서만큼은 30% 이상을 받지 못하고 있었다.

선수보다 구단의 인지도가 더 압도적이라는 의미다.

맞는 말이기도 했기에 딱히 반박할 여지가 없었다.

"디트로이트와 텍사스는 빼겠습니다."

두 장의 서류를 옆으로 치웠다.

두 구단 모두 계약 총액 3억 달러를 제시했지만, 문제는 10년이라는 기간이 마음에 들지 않았다.

되도록 5년에서 7년이 좋았다.

그리고 디트로이트는 어머니가 워낙 반대를 하고 있었다.

아무리 구단에서 안전에 대한 보장을 해준다고 말을 해도 미국 최고의 범죄 도시라는 점이 어머니의 입장에서는 불안한 모양이었다.

텍사스를 제외한 이유는 리그 최고의 포수 중 한 명이라 불리던 제이퍼 하웰을 3일 전, 캔자스시티로 트레이드를 시켜버렸기에 계약을 할 이유가 없어졌다.

다른 보직이라면 모를까, 투수인 내게 리그 최고의 포수 중 한 명을 트레이드시켜 버린 텍사스는 더 이상 관심을 둘 필요가 없었다.

이제 남아 있는 곳은 뉴욕 양키스, 보스턴 레드삭스, LA 다저스, LA 에인절스, 세인트루이스 카디널스뿐이었다.

남은 다섯 곳 중 한 곳과 세부적으로 계약을 진행하면 된다.

한 장의 서류를 손에 들고 황병익 대표에게 내밀었다.

"이곳과 세부 계약 협상을 해주세요."

황병익 대표는 내가 내민 서류를 확인하고는 나에게 물었다.

"이곳으로 마음을 정한 겁니까?"

"예. 되도록 이쪽으로 갔으면 합니다."

2일 전, 나에게 걸려왔던 한 통의 전화가 결정타였다.

*   *   *

한 통의 전화.

이 한 통의 전화가 내 이적 문제를 한 방에 해결해 버렸다.

타석에 선 타자에게 던진 깔끔하고 강렬한 포심 패스트

볼처럼 내가 갖고 있던 고민을 미련 없이 털어버렸다.

―나 트레이드됐다!

멋진 한 수였다.

어쩌면 무의식중에 누구보다 바라고 있었던 소식일지도
몰랐다.

아무도 없는 미국 땅에서 홀로 야구를 해야 한다는 사실
이 내 가슴속에 작은 불안감을 싹 틔우고 있었던 건 아니었
을까?

이러니저러니 해도 결국 20살, 새로운 환경에 홀로 적응
하기에는 너무 어린 나이였다.

《차지혁, LA 다저스로 간다!》

결정을 내리자 이적 협상은 엄청나게 빠르게 이뤄졌다.

이미 모든 세부 조항을 준비해 뒀다는 듯, LA 다저스는
거의 모든 조건들을 수용하며 기분 좋은 이적 협상을 마무
리 지었다.

7년 2억 5천만 달러.

황병익 대표가 가장 신경을 쓰며 협상에 열을 올렸던 초

상권 수익 배분 비율은 5%를 올린 45%에 최종 합의를 봤다.

여기에 4시즌 후, 선수 독자적으로 선택이 가능한 옵트아웃 조건, 트레이드 거부권, 마이너리그 거부권, 각종 보너스 내역들을 자세히 살펴보면 LA 다저스에서 얼마나 많은 양보를 해줬는지 알 수 있었다.

"나는 언제 이런 대박 계약을 해보려나."

장형수는 핸드폰으로 인터넷 기사를 확인하다 나에게 시선을 돌렸다.

"앞으로 잘 부탁한다."

"뭘?"

"다저스에서 왜 날 트레이드했겠어? 당연히 널 잡으려고 한 거잖아? 이제 너랑 계약했다고 날 꿔다놓은 보릿자루처럼 여기지 않도록 네가 옆에서 팍팍 밀어줘. 그래도 내가 이 지구 상에서 너랑 가장 많은 시간 호흡을 맞춰 본 마누라잖아. 서방이 마누라 챙겨줘야지. 안 그러냐? 흐흐흐."

"선수 기용은 전적으로 감독의 고유 권한인 거 몰라? 다저스 단장이 널 트레이드했지만, 감독은 어떤 생각을 가지고 있는지 모르잖아. 혹시 알아? 여름에 다시 널 다른 구단으로 트레이드 보내 버릴지."

"…너 진짜 그렇게 나올래?"

장형수는 무척이나 섭섭하다는 표정으로 날 바라봤다.

"말이 그렇다는 거야. 내가 다저스를 선택한 가장 큰 이유 중 하나가 바로 너라는 것 정도는 구단 측에서도 알고 있을 거야."

"지혁아~ 사랑한다!"

내 말이 끝나기가 무섭게 날 껴안으려고 양팔을 벌리며 장형수가 달려들었다.

재빨리 뒤로 물러나며 다시 말했다.

"분명 내가 다저스를 선택한 것엔 네가 결정적인 역할을 하긴 했지만, 그렇다고……."

말끝을 살짝 흐리자 장형수가 눈을 찌푸렸다.

"얌마, 나도 자존심이 있지! 너만 믿고 있을까 봐? 단지 너 때문만이 아니라 내 실력으로 안방을 차지할 테니까 걱정 마!"

자신 있는 장형수의 말에 더 이상 할 말 없다는 듯 고개를 끄덕였다.

밀워키에서 4라운드에 지명했을 정도로 A급 유망주 소리를 들었고, 거기에 맞춰서 올 시즌 내내 키워진 장형수였다.

다만, 메이저리그에 콜업되고 치렀던 몇 경기에서의 성적이 썩 좋지 않았을 뿐이다.

0.156의 타율에 12경기 6개의 수비 실책.

이른 판단일지는 모르겠지만 A급 유망주라고 하기엔 꽝장히 부끄러운 성적표였다.

그걸 알기 때문인지 장형수도 올겨울 혹독한 훈련을 준비 중이었다.

장형수가 어떤 각오로 이번 겨울을 보내려고 하는지와는 상관없이 다저스에서 장형수를 트레이드한 일은 생각보다 파급 효과가 컸다.

그럴 수밖에 없는 게, 밀워키 브루어스에서 장형수를 트레이드하기 위해 다저스에서는 특급 유망주로 분류해 놓았던 마리아 파헬슨을 내줬기 때문이다.

2023년 2라운드 지명으로 얻은 마리아 파헬슨은 빠른 발과 정교한 타격 능력을 갖추고 넓은 수비 범위를 자랑하는 유격수 자원으로 내년부터 메이저리그 로스터에 합류가 예정되어 있었을 정도로 가파른 성장세를 자랑하고 있었다.

무엇보다 현재 믿을 만한 유격수가 없는 상황에서 마리아 파헬슨은 다저스 팬들이 가장 아끼던 유망주 중 하나였다.

그런데 폭탄이 터져 버린 거다.

나름 탄탄하다 부를 만한 포수 자원이 있음에도 포수 유망주인 장형수를 데려왔으니 다저스 팬들 입장에서는 이해하지 못한 해괴한 트레이드라 부르고 있었다.

상황이 이렇다 보니 누구보다 부담감이 큰 사람은 장형수였다.

다저스 팬들의 곱지 않은 시선과 주전 경쟁이 치열한 포지션 경쟁에서 살아남지 못하면 메이저리그 생활이 완전히 꼬여 버릴 수가 있었다.

"지혁아, 우리 같이 살까?"

"같이?"

"굳이 따로 살아야 할 이유가 없잖아? 같이 살면 서로 훈련하기도 편하고, 생활비도……."

생활비 이야기를 하던 장형수가 히죽 웃었다.

메이저리그 최고 수준의 연봉이 보장된 나에게 생활비를 이야기한다는 게 스스로도 어이없는 듯싶었다.

"생각해 보자."

솔직히 나쁘지 않은 제안인 것 분명했다.

장형수의 노림수가 무엇인지도 뻔히 보였다.

같이 생활하며 자신의 처지를 조금이라도 다저스 내에서 공고하게 다져 놓으려는 노림수였다.

고등학교 시절 배터리였다는 이유만으로도 다저스 내에서 몇 번은 장형수에게 기회를 줄 수도 있었다.

문제는 그 기회를 장형수가 얼마나 확실하게 잡을 수 있느냐가 관건이다.

"그런데 등번호는 몇 번으로 정했어? 박호찬 선배의 번호나 유혁선 선배의 번호는 아니겠지?"

"미쳤냐."

61번과 99번.

한국 사람들에게는 너무나도 익숙한 등번호다.

LA 다저스에서는 얼마나 기억되고 있을지 모르지만, 적어도 한국인들에게는 영구 결번이나 마찬가지였다.

때문에 61번과 99번은 무조건 사양이다.

우선 다저스의 영구 결번은 1, 2, 4, 19, 20, 24, 32, 39, 42, 53에다가 클레이튼 커쇼의 22번이 추가됐다.

여기에 현재 다저스의 스타급 선수들의 번호까지 피하자면 선택의 폭이 상당히 줄어든다.

"집은? 어느 동네에 얻을 생각이야? 이왕이면 할리우드(Hollywood) 스타들이 많이 산다는 비버리힐스(Beverly Hills)의 고급 주택을 구하는 게 어때?"

"고급 주택?"

"너 정도면 미국에서도 엄청난 스포츠 스타인데, 이왕이면 주변 시설이나 불필요한 일에 휘말리는 일이 없도록 고급 주택 단지에 사는 게 편하질 않겠어? 내가 알아보니까 다저 스타디움에서 넉넉잡고 30분이면 이동이 가능할 정도로 거리도 가깝더라고."

충분히 고려해 볼 만한 일이었다.

처음 황병익 대표는 다저 스타디움에서 가장 가까운 고급 오피스텔을 얻어주려고 했었다.

하지만 개인 훈련 시간이 많은 나에게 오피스텔보다는 단독 주택이 훨씬 편했기에 그쪽으로 구해달라고 말을 해 놓은 상태였다.

고급 주택까지는 바라지 않았지만, 아무래도 편안하게 개인 훈련을 하려면 보안 시설도 잘되어 있고, 조용한 동네가 내게 맞을 것 같았기에 장형수의 말대로 한 번 알아보는 것도 나쁘지 않을 것 같았다.

"그런 집은 얼마나 하는데?"

집이 비싸 봐야 얼마나 할까 싶어 가볍게 물었다.

"대충 4천만 달러면 괜찮은 집을 구할 수 있다고 하더라."

"……."

내가 말없이 쳐다보자 장형수가 뭘 그러고 보냐는 듯 대꾸했다.

"그래도 넌 2억 9천만 달러짜리 계약을 한 몸이잖아. 원래 집은 빚지고 사는 거라더라. 그런데 넌 빚 같은 거 질 필요도 없잖아? 우리 아빠도 10년 동안 집 대출금 갚았어. 그렇게 생각하면 너한테 4천만 달러짜리가 아니라 1억 달러짜리 집도 충분히 살 수 있는 거 아냐?"

더 이상 언급할 가치도 없는 말이었다.

평생 살 것도 아니고, 몇 년 살 집을 4천만 달러나 준다고?

미친 짓이다.

만약 부모님과 지아가 모두 함께 산다면 모를까, 나 혼자 사는 집을 이렇게까지 호화스럽고 사치스럽게 구입할 이유가 전혀 없었다.

혹시라도 황병익 대표가 장형수처럼 생각하면 어쩌나 하는 생각에 재빨리 전화를 걸었다.

―아, 차지혁 선수. 무슨 일입니까?

"미국에 집 구입 문제 때문에 전화드렸습니다. 혹시 제가 원하는 조건대로 집을 알아보신다고 비버리힐스에 있는 고급 주택 같은 걸 알아보고 계신 건 아니시죠?"

내 말에 곧바로 황병익 대표가 웃음을 터트렸다.

―비버리힐스라고요? 하하하하하! 차지혁 선수, 그 동네 주택 가격이 얼마나 되는지 알고 있습니까? 아, 차지혁 선수를 무시하는 건 아닙니다. 차지혁 선수가 구입하려고 한다면 딱히 못 할 이유도 없지만, 개인적으로 절대 권하지 않겠습니다. 가격도 엄청나게 비싸지만, 세금 문제부터 시작해서 유지비까지 매달 들어가는 돈이 상당합니다. 그런

고급 주택보다는 조용한 동네에 위치한 단독 주택을 알아
보고 있으니 집 문제는 걱정 마십시오. 다저스 측에서 괜찮
은 임대 주택을 알아봐 주고 있다고 하니 우선 그쪽부터 확
인해 보고 마음에 들지 않으면 따로 알아볼 예정입니다. 전
화 주신 김에 미리 말씀드리죠, 3일 후에 미국으로 들어갈
예정입니다. 차지혁 선수의 집 문제도 그렇고, 그 외적으로
도 해결해야 할 일들이 있어 자리를 비울 예정이니 급한 일
이 생기면 에이전시로 연락해 놓으시면 제가 바로 연락드
리겠습니다.

괜한 우려였다.

더불어 황병익 대표는 장형수처럼 철없는 인간이 아니라
는 걸 똑똑히 확인했다.

*　　　*　　　*

"김치, 깍두기, 파김치만 있으면 돼? 아들, 동치미 좋아하
잖아? 마른반찬도 종류별로 몇 개를 해야 할까? 아! 당장 내
일부터 사골부터 끓여서 1회용 팩에 한 끼 먹을 정도로 얼
려둬야겠네. 제육볶음이랑, 오징어 볶음도 양념장에 버무
려서 팩에 넣어둬야 하니까, 아이스박스를 엄청 큰 걸로 새
로 하나 사야겠는데. 또 뭐가 있더라……."

식탁에 앉아서 꼼꼼하게 메모를 하는 어머니의 모습을 보니 이제 내가 정말 이 집을 나가는구나 하는 생각이 들었다.

정식으로 계약을 하고, 입단식을 하기로 한 날짜가 어느덧 보름 앞으로 다가왔다.

최소한 3일 전에는 미리 구단주와 단장도 만나야 한다는 황병익 대표의 말에 따라 정확하게 열흘 후에 출국을 하기로 했다.

출국 날짜가 잡히자 다른 누구보다 바쁜 사람이 바로 어머니였다.

세상 모든 어머니가 그렇듯 가장 먼저 밥 먹는 걱정부터 했다.

어렸을 때부터 운동선수는 잘 먹어야 한다며 언제나 풍족하고 영양가 많은 식단으로 밥을 차려줬던 어머니였다.

하지만 열흘 후부터는 자신의 손을 벗어나 홀로 생활한다고 생각하니 하나부터 열까지 모든 것이 걱정스러운 모양이었다.

"아들, 고추장하고 된장도 넉넉하게 챙겨야겠지?"

어머니의 물음에 맞은편에 앉아서 고개를 저었다.

"그 정도는 미국에서도 쉽게 구할 수 있으니까 그냥 사먹을게요."

"사먹는 음식이 얼마나 몸에 안 좋은데! 그리고 넌 어렸을 때부터 엄마가 담근 고추장이랑 된장만 먹었잖아? 괜히 잘못 사먹었다가 탈이라도 나면 어쩌려고?"

메모지에 고추장과 된장, 간장 등을 꼼꼼하게 적는 어머니였다.

그런 어머니를 가만히 바라보고 있으니 괜히 가슴이 찌릿해졌다.

"엄마."

"응?"

"자주 와."

"어딜? 미국?"

"당연하지. 와서 나 밥도 해주고, 미국 구경도 하고."

내 말에 어머니가 웃으며 말했다.

"비행기 표 보내면 자주 가고."

"한 달에 한 번씩 보내줄게."

내 대답에 재밌다는 듯 웃던 어머니가 손을 내밀어 내 손을 꼭 잡았다.

"엄마는 우리 지혁이가 미국에 가서도 지금처럼 열심히 잘할 거라고 믿어. 주변에서 무슨 소리를 하더라도 신경 쓰지 말고 지혁이 네가 잘 할 수 있는 운동만 열심히 해. 알겠지?"

말을 하며 눈물을 보이는 어머니의 모습에 나 역시 괜히 코끝이 찡해졌다.

어머니가 무엇을 생각하는지, 어떤 일들을 걱정하는지 정도는 잘 알고 있다.

모두가 부러워할 정도로 크게 성공해서 메이저리그로 간다지만, 그곳에서 한국에서만큼 성공을 할 것인지에 대한 의문은 남아 있었다.

더불어 너무 큰 계약을 했기 때문에 그에 따른 주변의 기대가 너무 커, 자칫 부담감과 중압감에 좋은 성적을 내지 못할 것을 걱정하는 부모님이었다.

평생 자식 걱정만 한다는 부모의 심정을 100% 느낄 수는 없지만, 내 손을 꽉 쥐고 있는 어머니의 따뜻한 손이 현재의 감정이 어떻다, 라는 것을 알려주고 있었다.

"걱정 마. 나 차지혁이잖아. 내가 말했던 것처럼 국내 최고의 투수가 세계 최고의 투수라는 걸 반드시 메이저리그 마운드 위에서 보여줄게."

밝게 웃으며 대답하는 날 어머니는 기특한 표정으로 바라봐 줬다.

*　　　　*　　　　*

"에바, 이렇게 가는구나."

정혜영은 살짝 눈물이 고인 눈으로 에바를 쳐다봤다.

1년도 되지 않는 시간 동안 단짝처럼 어울렸던 에바였기에 그녀의 떠나는 모습을 지켜봐야 하는 정혜영으로서는 서운함과 아쉬움이 물밀 듯이 밀려들었다.

"혜영, 그동안 정말 고마웠어. 혜영이 옆에서 많은 걸 가르쳐 줘서 정말 뜻깊은 1년을 보낼 수 있었던 것 같아. 미국에 가서도 절대 혜영을 잊지 않을게."

"에바……."

끝내 눈물을 흘리는 정혜영과 에바였다.

"나 꼭 미국에 갈게. 그때 우리 다시 만나자."

"언제든 환영이야."

서로 다시 만날 날을 기약하며 에바와 정혜영은 그렇게 헤어졌다.

$$* \qquad * \qquad *$$

"죄, 죄송합니다. 아, 알겠습니다. 예, 예."

땀을 뻘뻘 흘리며 전화기를 받은 제프는 조심스럽게 수화기를 내려놓기가 무섭게 책상 위에 가지런하게 정리가 되어 있던 서류, 사진, 각종 장식품들을 바닥으로 내던지며 분노를 폭발시켰다.

"으아아아아아악!"

자신의 사무실에서 고성을 내지르며 책장의 책까지도 마구잡이로 집어 던지며 분풀이를 하는 제프였다.

제프의 난동을 사무실 밖에서 들어야만 하는 사람들의 얼굴엔 불편한 기색이 가득했다.

상사가 저렇게 화가 났으니 괜한 불똥이 자신들에게도 튈 것이 걱정스럽기도 했다.

"이제 겨우 한 번 실패했을 뿐인데 저렇게까지 할 필요가 있는 건가?"

"뭐든 한 번이 중요한 거잖아. 지금까지 단 한 번도 실패를 하지 않았던 제프의 자존심과 명예에 큰 상처가 되겠지."

"이번에 구단 측에서도 굉장히 많은 부분을 지원했다고 하던데?"

"당연하잖아. 듣기로는 이번 이적 협상 지원 경비로만 20만 달러 이상 들었다고 하더군."

"20만 달러?"

생각하지도 못했던 큰 지출에 직원 중 한 명이 고개를 절레절레 저었다.

"도대체 무슨……."

"테일! 테일! 당장 내 방으로 들어와!"

제프의 신경질적인 고성에 직원들이 안쓰러운 눈으로 테일을 바라봤다.

승승장구하던 제프의 곁에 있을 때만 하더라도 그렇게 부러울 수가 없었지만, 지금과 같은 순간에는 자신이 아니라는 사실이 이렇게까지 기쁠 수가 없었다.

테일은 제프의 사무실로 들어가기 전, 크게 심호흡을 하고는 문을 열었다.

10분.

대략 그 짧은 순간 사이에 누구보다 깔끔하고 정리가 잘되어 있던 제프의 사무실은 난장판이 되어 있었다.

'토네이도가 휩쓸고 지나간 것 같군.'

고래고래 소리를 질러대며 온갖 물건을 내던졌을 제프의 모습을 머릿속에서 지워 버리고는 씩씩거리며 거친 숨을 토해내고 있는 제프의 곁으로 다가갔다.

"동양의 냄새나는 노란 원숭이 자식이 날 물 먹였어! 내 자존심과 지금까지 내가 쌓아온 커리어에 치명적인 상처를 남겼다고! 구단주가 얼마나 화가 났는지 나에게 실망이라는 말을 3번이나 했어! 젠장! 빌어먹을!"

온몸을 부르르 떨며 분노를 감추지 못하는 제프였다.

"다저스에서 차지혁을 영입하기 위해 그의 친구를 동원할 줄은 아무도 몰랐을 겁니다."

"비열한 맥브라이드!"

LA 다저스의 단장에게 온갖 욕을 퍼붓는 제프를 테일은 가만히 지켜보기만 했다. 하지만 속으로는 비열함으로 따지면 메이저리그 모든 구단의 스카우트들 중 제프가 일인자가 아닌가 하는 생각을 하고 있었다.

"맥브라이드, 그 인간이 미친 게 분명해! 정상적인 놈이었다면 마리아 파헬슨을 내쳤을 리가 없어!"

LA 다저스가 마이너리그에서 키우고 있는 유망주 중 세 손가락 안에 들어가는 특급 유망주가 마리아 파헬슨이다.

BA 선정 2026년 전체 유망주 평가에서도 27위를 차지할 정도로 마리아 파헬스은 어디 내놔도 손색없는 유망주였다.

많은 메이저리그 구단에서 몇 번이나 트레이드를 요청했을 때에도 절대 불가를 외쳤던 마리아 파헬슨을 먼저 트레이드시키면서까지 차지혁을 영입한 맥브라이드였다.

결과적으로 차지혁이라는 최고의 대어를 영입하는 데 성공했지만, 마리아 파헬슨을 내보낸 건 분명 LA 다저스 입장에서 큰 손실이라 부를 만했다.

하지만 어찌 되었든 차지혁을 성공적으로 영입했다는 것 하나만 놓고 본다면 올겨울 이적 시장의 승리자는 맥브라이드가 확실했다.

문제는 과연 차지혁이 성공적으로 메이저리그에 정착을 하느냐, 못하느냐의 문제일 뿐.

"빌어먹을!"

제프는 쉬질 않고 맥브라이드와 차지혁에게 욕설을 내뱉다가 테일에게 물었다.

"테일! 나는 지금 너무 화가 나! 2년 안으로 양키스의 단장이 되려던 내 계획을 망가트리고 있는 다저스와 차지혁에게 어떻게든 복수를 하고 싶단 말이야! 방법을 제시해봐!"

LA 다저스와 차지혁에게 복수할 수 있는 방법?

솔직히 그런 게 있나 싶기만 한 테일이었다.

어떤 식으로 복수를 할까?

차지혁에게는 말 그대로 약점이 없다.

놀랍도록 깨끗하기만 한 사생활과 가족 관계에다 운동밖에 모르는 너무나도 모범적인 선수가 차지혁이다.

이런 선수에게 복수를 한 다는 건 굉장히 힘들었다.

더불어 LA 다저스를 건드리는 것 또한 무모한 일이었다.

뉴욕 양키스에 비해 아래라 평가를 받을 뿐이지, 메이저리그의 명문이라 불리는 다저스였다.

오히려 섣부르게 다저스의 흠을 공격하면 양키스 또한 역공을 당할 수가 있다.

"방법 없어?"

제프의 눈동자가 뱀처럼 번들거렸다.

테일은 맹렬하게 머리를 굴리다 한 가지를 떠올렸다.

"이번 이적이 실패가 된다면 맥브라이드와 차지혁 모두에게 치명타가 될 테죠."

"계속해."

"다저스는 프로 데뷔가 고작 1년밖에 되질 않는 루키에게 무려 2억 5천만 달러를 지출했죠. 여기에 이적료까지 더하면 3천 4백만 달러가 더 추가되는 엄청난 거금이죠. 차지혁의 기본 스펙이 워낙 뛰어난 건 사실이지만… 과연 스펙만으로 이 험난한 메이저리그 마운드에서, 더욱이 마이너리그에서의 경험도 없는 낯선 외국 투수가 2억 9천만 달러의 가치를 입증할 수 있을까요?"

"그래서 하고 싶은 말이 뭐야? 빙빙 돌리지 말고 요점만 말해, 요점만!"

다른 때였다면 흥미롭게 이야기를 들어줬을 제프였지만, 지금은 그럴 여유가 없다는 듯 성급하게 테일을 닦달했다.

살짝 쓴웃음을 지은 후에야 테일이 말했다.

"제아무리 뛰어난 신인 투수도 낯선 비판으로 자신감이 무너지면 그 실력을 제대로 발휘하지 못하죠. 그렇게 무너진 신인 투수에게 거액의 돈을 지출하고 팜에서 소중히 키

왔던 특급 유망주까지 날려 버린 맥브라인 단장이 과연 내
년 시즌에도 다저스의 단장직을 유지할 수 있을까 싶군요."

테일의 말에 제프가 그제야 의도를 알아차리고는 차갑게
웃었다.

"다시 한 번 비버트에게 부탁을 해야… 아니지! 이런 일
은 베네딕이 제격이겠군!"

제프의 입에서 베네딕의 이름이 나오자 테일이 저도 모
르게 고개를 끄덕였다.

Chapter 2

"뭐 이런 쓰레기 같은 걸 특집 기사라고 쓴 거야!"

장형수가 신경질적으로 신문을 구겨 버리며 화를 터트렸다.

"다른 사람들도 있는데 조용히 좀 해."

그제야 장형수가 조심스럽게 주변을 돌아봤다.

몇몇 사람들의 눈초리가 꽤 날카롭게 변해 장형수를 노려보고 있었다.

그렇지 않은가. 긴 비행시간을 최대한 안락하게 보내고자 비싼 돈을 지불하고 비즈니스 클래스에 탔는데, 웬 덩치 큰 인간이 시끄럽게 떠들어대니 나라도 짜증이 치밀어 오를 수밖에 없을 것 같았다.

"이거 너도 봤지?"

확실히 작아진 음성으로 장형수가 신문을 내밀었다.

우리나라 3대 신문사에서 발행한 스포츠 신문이었고, 거기엔 나에 대한 소식이 특집 기사화되어 대문짝만 하게 실려 있었다.

문제는 내용이었다.

기사의 중심이라 할 수 있는 뼈대는 미국 야구계에서 막대한 영향력을 끼치고 있는 베이스볼 아메리카(BA)의 칼럼을 그대로 번역해 놓은 것이었다.

칼럼의 내용은 굉장히 부정적이었다.

미국 야구를 경험해 보지도 못한 외국 신인 투수에게 막대한 돈을 쏟아 부은 LA 다저스의 도박성 짙은 이적을 날카롭게 비판했고 강도 높게 비난했다.

더불어 다저스 팜 시스템을 통해 몇 년 동안 열심히 길러 온 특급 유망주 마리아 파헬슨을 밀워키로 트레이드시킨 이유가 날 영입하기 위함이라는 것도 대놓고 까발리고 있었다.

무엇보다 칼럼에서는 나에 대한 기대보다는 우려가 더 짙다는 식으로 평가를 하고 있었다.

막대한 연봉을 받는 만큼 신인이더라도 냉정하게 받는 돈값을 해야 한다는 식으로 잣대를 들이대고 있었다.

특히 다저스의 영웅으로 화려하게 은퇴를 한 커쇼를 빗대어 거기에 준하는 활약을 해야만 한다고 몇 번이나 강조를 함으로써 굉장한 부담감을 지어주고 있었다.

충분히 수용할 수 있는 칼럼 내용이었다.

다만 수위가 너무 과격했고 너무 비평에만 치중한 내용이 아쉽긴 했지만, 미국인이 아닌 이방인이라는 걸 생각하면 씁쓸하지만 그럴 수 있다 여겼다.

중요한 건 이런 칼럼 내용을 그대로 번역하고 그 내용을 수긍한다는 식으로만 기사를 쓴 우리나라 신문사의 행태였다.

그래도 같은 한국인인데 조금이라도 희망적으로 기사를 써주면 어땠을까 하는 아쉬운 생각이 드는 건 어쩔 수 없었다.

무엇보다도 이런 기사를 보고 부모님이 얼마나 걱정할까를 생각하니 더욱더 입안이 씁쓸했다.

결국은 실력으로 증명하는 수밖에 없었다.

"봤어."

"칼럼을 쓴 베네딕인지 뭔지 하는 인간도 그렇지만, 이걸 그대로 번역해서 특집이라고 쓴 한국 기자 놈하고 신문사는 진짜 뭐냐! 얼마 전까지만 하더라도 국위선양이라고 그렇게 빨아줄 때는 언제고 이제 와서 이게 무슨 개짓거리냐고!"

다시금 목청이 높아지려는 장형수를 진정시켰다.

"그러거나 말거나 너나 나나 실력으로 보여주면 되는 거야. 그러니까 그딴 기사에 괜히 열 받지 말고 신경 꺼."

"성자 나셨네! 넌 괜찮을지 몰라도 난 정말 못 참겠다!"

"못 참으면? 언론이랑 싸우려고? 누가 그러더라. 벌집하고 언론은 건드리지 않는 게 상책이라고. 아무리 신경이 쓰여도 모르는 척, 무관심하게 대하는 게 최선이라니까 괜히 혼자 흥분해서 떠들지 말고 영화라도 봐."

말을 마치고 이어폰을 귀에 꽂아버렸다.

말은 그렇게 했지만, 솔직히 나도 신경이 쓰일 수밖에 없었다.

무엇보다 이게 끝이 아닌 시작이라는 생각이 자꾸만 들어 앞으로 얼마나 더 짜증나는 일이 생길까 싶기도 했다.

"한국과 미국은 완전히 다르다. 그곳에서 거액을 받아 챙기는 낯선 이방인일 뿐이다. 네가 좋은 성적을 내기 전까지는 하루도 쉬질 않고 널 흔들어댈 거다. 신경이 쓰이지 않을 수 없겠지. 그래도 눈 감고, 귀 닫고 살아라. 그게 네가 할 수 있는 유일한 일이니까."

가족들과 함께 공항까지 마중을 나온 최상호 코치가 내게 한 마지막 말이었다.

외로울 거라고 했다.

주변의 시선이 상상을 초월할 정도로 날카롭고, 부정적일 거라고도 했다.

그걸 견디지 못하면 낙오자가 될 거라고도 했다.

꿋꿋하게 이겨내야 한다고, 실력으로 그들을 포용해야 한다고 조언했다.

맞는 소리다.

처음부터 환대를 해줄 거란 기대는 버려야 한다.

날 반겨줄 사람은 극소수다.

선수들만 하더라도 곱지 않은 시선으로 날 볼 것이 분명했다.

누군가의 기회를 내가 빼앗는 꼴이니 당연할 수밖에 없다.

시비도 걸어 올 거고, 어떤 일이든 비협조적으로 나올지도 모른다.

슬쩍 장형수를 바라봤다.

그래도 나보다 미국에서 1년이나 먼저 야구를 경험한 녀석이라 든든하게 믿고 의지할 수 있을 것 같았다.

"여기 사주가 친일파라고 했었지? 망할 새끼들! 친일파
는 전 재산을 몰수하고 일본으로 추방시켜 버려야 하는데.
광복한 지가 언젠데 아직도 친일파 놈들이 떵떵거리고 사
는 건지, 나라꼴이 개판이야! 이러니까 일본이 한국을 아직
까지도 졸로 보는 거 아냐!"

끝내 분을 풀지 못하고 신문을 찢어대는 장형수였다.

저런 놈을 믿고 의지할 수 있을까?

작게 한숨을 내쉬며 시선을 돌렸다.

앞좌석에 붙어 있는 넓고 깨끗한 화면에서는 슈퍼 히어
로라 불리는 영웅들이 악당들을 상대로 화려하게 싸움을
하고 있었다.

전 세계적으로 가장 유명한 영웅 시리즈물 영화로 얼마
전 5편이 개봉을 했는데, 비행기에서도 볼 수가 있었다.

한참 영화에 집중하고 있는데, 옆에서 장형수가 팔을 툭
툭 건드려 왔다.

한 번, 두 번은 무시했지만, 자꾸만 건드려서 어쩔 수 없
이 고개를 돌렸다.

"왜?"

이어폰 한쪽을 빼며 살짝 눈을 찌푸리자 장형수가 히죽
웃으며 고개를 뒤로 까닥거렸다.

"뭐?"

"저기 뒤에 타고 있는 여자 누구야? 언제부터 금발 미녀랑 알고 지냈던 거야?"

"금발 미녀? 에바?"

"오오~ 이름이 에바야? 같은 비행기를 탄 걸 보면 LA에 사는 미녀라 이거지? 솔직히 말해봐. 나 때문이 아니라 에바 때문에 다저스랑 계약한 거냐? 흐흐흐."

익살스럽던 웃음이 지금은 더없이 음흉스러웠다.

"에바는 필리스 광팬이다. 내가 에바 때문에… 됐다. 내가 너한테 무슨 말을 하냐. 헛소리 하지 말고 영화라도 봐."

"필리스? 필라델피아 출신이야? 뭐, 출신이 무슨 상관이야. 어차피 사는 곳이 LA면 앞으로 다저스 팬 하면 되는 거지. 안 그래?"

"사는 곳도 필라델피아니까 다저스 팬이 될 일도 없다."

"그래? 그런데 왜 우리랑 같은 비행기를 탄 거래?"

자꾸만 물어오는 장형수의 말을 깨끗하게 무시하며 이어폰의 볼륨을 높였다.

그러다 잠깐 잠이 들었는데, 그 사이 장형수가 사고를 쳐놓고 말았다.

"일어났냐? 에바, 지혁이 일어났네요."

눈을 떠보니 황당하게도 이코노미 좌석에 앉아 있어야

할 에바가 비즈니스 좌석에 앉아 있었다.

원래 앉아 있어야 할 중년의 남자는 멀리 앞쪽에 비어 있던 좌석에 앉아 있었다.

대충 어떻게 된 일인지 짐작이 갔다.

"에바 양쪽 옆으로 한 덩치 하는 남자들이 앉아 있더라고. 그 모습을 보니까 도저히 안 되겠더라. 승무원하고 저쪽 남자분에게 양해 좀 구했다. 흐흐."

칭찬을 바라는 강아지처럼 날 바라보는 장형수의 모습에 고개를 좌우로 흔들었다.

"나중에 승무원들하고 기념사진 한 장씩만 찍어줘라. 그 대가로 에바를 이쪽으로 오게 할 수 있었으니까."

"뭐?"

"걱정 마. 너랑 에바는 아무런 사이도 아니고 나랑 에바가 친구 사이라고 말을 해뒀으니까."

걱정할 것 하나 없다는 투로 말을 하는 장형수에게 왜 쓸데없는 짓을 벌였냐고 면박이라도 주고 싶었지만, 에바가 빤히 바라보고 있어 차마 입이 떨어지지 않았다.

아직 LA 공항까지 한참이나 남았는데 그 긴 시간을 불편하게 만들 순 없었다.

"차지혁 선수, 미안해요."

에바의 말에 아니라는 듯 고개를 저었다.

보나마나 장형수가 싫다는 에바를 억지로 끌고 왔음이 분명했기 때문이다.

그렇지 않더라도 이제와 나 혼자 싫은 내색을 해봐야 좋을 것 하나 없었기에 참고 넘어가는 게 나았다.

"괜찮습니다."

매년 정기적으로 이뤄지는 가족 여행이라고 했다.

필라델피아에 사는 에바네 가족은 매년 12월 마지막 주에 LA에 사는 삼촌네 집에서 보내는데, 실질적으로 여행이라기보다는 모임이라고 부르는 게 더 맞을 듯싶었다.

12월이면 상당히 추운 필라델피아보다는 LA가 훨씬 따뜻하기에 연말과 신년을 항상 LA에서 보내는데, 한국에 있던 에바는 번거로움을 피하기 위해 곧장 LA로 가는 길이라고 했다.

장형수는 뭐가 그렇게 신났는지 에바와 이런저런 이야기를 계속해서 주고받았다.

작년 이맘때만 하더라도 영어에 자신 없는 모습을 보였고, 전화 통화로도 영어가 늘지 않는다며 하소연을 하더니 실제로 에바와의 대화가 생각보다 굉장히 자연스러웠다.

'그러니 메이저리그로 콜업도 됐었겠지.'

포수라는 포지션의 특성상 의사소통에 문제가 있으면 어지간한 실력으로는 절대 메이저리그의 포수 마스크를 쓸

수가 없다.

어느 정도는 예상하고 있었지만, 막상 에바와 대화하는 모습을 보고 있으니 그 동안 장형수가 했던 하소연들이 모조리 엄살이었다는 걸 확인할 수 있었다.

장형수로 인해 나 역시 간간히 대화에 끼어들었지만, 딱히 의미 있는 내용들은 없었다.

10시간이 넘는 긴 비행시간 동안 장형수는 꽤 오랫동안 에바를 붙들고 대화를 나눴다.

한참 지나서야 에바가 피곤해하는 모습을 발견하곤 그녀를 놔주었는데, 얼마나 피곤했으면 눈을 감은 지 5분도 되지 않아서 잠이 들어버렸다.

"에바 진짜 괜찮지 않냐? 저런 여자 친구 있으면 없는 힘도 솟아나겠다."

"한 번 들이대던지."

내 말에 장형수가 황당하다는 얼굴로 날 바라봤다.

"내가 미쳤냐? 친구의 애인을 뺏게! 날 그렇게 파렴치한 놈으로 본 거야?"

"친구의 애인?"

"솔직히 말해봐. 너랑 에바랑 분위기가 묘하던데? 에바가 널 지그시 바라보는 눈빛도 그렇고, 여러 가지로 나보다는 너한테 더 관심을 보이는 모습도 그렇고. 솔직하게 말해

서 에바 정도면 진짜 끝내주는 미녀잖아? 네가 당장 사귀자
고 하면 사귈 수 있을 것 같던데?"

"헛소리 그만하고 잠이나 자."

말도 안 되는 소리라며 고개를 돌리고는 눈을 감았다.

"당장 결혼하라는 것도 아니고, 그냥 가볍게 사귀어보라
는 건데 뭘 그렇게까지 심각하게 받아들여? 하긴, 여자 손
목 한 번 잡아본 적 없는 쑥맥인 네가 뭘 알겠냐? 다 가졌으
면 뭐해. 정작 가장 중요한 게 없는데. 넌 아직 남자 되려면
멀었다. 흐흐흐."

그 말을 끝으로 잠시 뒤, 잠이 들었는지 움직이는 소리조
차 들려오지 않았다.

"다시 한 번 말하지만 여자 조심해! 오빠처럼 돈 많고 어리숙
한 남자들이 꽃뱀들한테 당하는 거야. 웃으면서 먼저 접근하는
여자들 특히 조심해! 다 목적이 있어서 그런 거니까! 아유! 진짜
내가 옆에 있으면 꽃뱀이랑 불여우 같은 년들은 단번에 골라낼
수 있는데! 3년만 잘 버텨! 고등학교 졸업하면 바로 미국으로 갈
테니까! 알겠지? 어차피 20년 동안 동정남으로 살았는데 3년 더
동정남으로 산다고 억울할 것도 없잖아?"

나름 눈물의 작별 인사를 하던 중, 중요하게 할 말이 있

다며 날 한쪽 구석으로 끌고 간 지아의 마지막 말이었다.

15살 여자애가 할 말이 아니라며 이마에 알밤을 먹이긴 했지만, 한편으로는 지아의 눈에 내가 얼마나 어리숙하게 보였으면 저렇게까지 말을 할까 하는 자괴감도 살짝 들었다.

"내가 그렇게 못 미덥나?"

지아의 방에 있던 많은 순정 만화를 모두 섭렵한 나였다.

이제 어느 정도 여자라면 자신감이 붙기도 했다.

아주 작은 덜컹거림과 함께 비행기가 안전하게 착륙했다.

"으갸갸갸! 미국이구나!"

겨울잠을 자던 곰이 깨어나듯 기지개를 켜며 장형수가 그렇게 말했다.

"덕분에 정말 잘 왔어요. 보답은 꼭 할게요."

에바가 나를 향해 그렇게 말했다.

"엥? 나는? 에바, 확실하게 하자고. 에바를 이쪽으로 데리고 온 건 나잖아. 그런데 왜 나를 빼고 지혁이에게만 보답을 하겠다는 거야?"

"물론 형수 너에게도 보답을 할게."

비행기에서 친구 사이가 된 장형수와 에바였다.

"나는 다른 거 필요 없어. LA에 사는 예쁜 여자 친구 한 명만 소개시켜 줘. 흐흐!"

장형수의 말에 에바는 찾아보겠다고 대답을 하고는 내게 말했다.

"입단식 잘해요. 차지혁 선수라면 분명히 메이저리그에서도 충분히 통할 실력자니까 주변 시선 같은 건 무시해요. 한국 사람들은 불필요할 정도로 겸손한 경향이 있어요. 그게 나쁜 건 아니지만, 미국에서는 겸손하게 스스로를 낮추는 것보다는 남들 앞에 당당하게 자신감을 드러내는 게 훨씬 이득이에요. 자신 있게! 차지혁 선수가 한국 프로 무대에서 보여줬던 것처럼 당당하게 다저스에서도 생활하면 선수들과 팬들 모두 차지혁 선수를 응원해 줄 거예요."

"조언 고마워요. 가족들과 연말 휴가 잘 보내요."

나와 에바의 대화를 가만히 듣고 있던 장형수가 혀를 찼다.

"두 사람은 언제까지 그렇게 말할 거야? 에바, 나에게 하는 것처럼 지혁이에게도 말을 편하게 해. 지혁이 너도! 에바가 우리보다 한 살 어리다고 하지만 미국에서는 나이 따윈 크게 중요하지 않아. 서로 마음만 맞으면 10살 차이가 난다 하더라도 편하게 친구로 대할 수 있어."

형수의 말에 나는 다음에 그러겠다고 말을 했고, 에바는 그저 희미하게 웃고는 자신의 짐을 올려두었던 이코노미 좌석으로 향했다.

에바가 사라지자 형수가 히죽 웃었다.

"에바 덕분에 즐거운 비행이었다. 그렇지?"

"짐이나 챙겨. 에이전트가 공항에서 기다리고 있어서 난 바로 나가봐야 해. 넌?"

"우리 에이전트는 날 그다지 크게 신경 쓰지 않아서 말이야."

"신경을 안 쓰는 게 아니라 네가 한마디의 말도 없이 일정을 나한테 맞췄으니까 그렇잖아. 그러지 말고 지금이라도 에이전트에 연락을 하는 게 어때? 그쪽에서도 말 한마디 없이 네가 일정을 바꾼 것에 대해서 꽤 당황할 텐데."

"에이~ 귀찮게. 됐어. 어차피 지금 내가 아니더라도 다른 선수들 때문에 바쁠 텐데 나까지 보탤 필요 없어. 내가 무슨 스타 선수도 아니고… 그렇게 아니라 지혁아, 나 진짜 이번에 너희 에이전시로 옮길까? 어차피 같은 구단 소속이고 앞으로도 너랑 함께 지낼 텐데 이왕이면 같은 에이전시면 좋잖아?"

"번거로울 텐데."

"그렇긴 하겠지만, 계약 기간이 아직 3년 남았으니까 위약금이 얼마나 되려나? 한 번 알아보기라도 할까? 흐흐흐."

형수의 말을 뒤로 하고 먼저 승무원의 안내를 받으며 비행기에서 빠져나왔다.

출국 심사를 마치고 나오자 황병익 대표가 날 알아보고는 재빨리 다가왔다.

황병익 대표 곁에는 백인 남자가 함께 서 있었다.

"오는데 불편한 건 없었습니까?"

"좌석 등급이 좋아서 그런지 편안하게 왔습니다."

"다행입니다. 어쨌든 미국에 첫발을 내딛은 걸 축하합니다. 앞으로 차지혁 선수의 이름이 미국 전역에 널리 알려지길 기대하겠습니다."

황병익 대표의 말에 나는 살짝 고개만 끄덕였다.

"이쪽은 다저스 구단 직원인 행크라고 합니다."

황병익 대표는 원어민에 가까운 발음으로 행크에게 나를 소개시켰다.

행크는 나를 향해 환하게 웃으며 손을 내밀었다.

"환영합니다, 차지혁 선수! 오들리오 행크라고 합니다. 그냥 편하게 행크라고 부르시면 됩니다. 피곤하시겠지만 구단주 사무실로 먼저 가셔야 합니다. 구단주와 단장을 비롯한 다저스의 이사회 임원들이 차지혁 선수를 만나기 위해 기다리고 있습니다. 괜찮으시겠죠?"

생각보다 피로감이 없었기에 상관은 없었다.

설령, 피곤하다 하더라도 구단주를 비롯한 임원들이 기다리고 있다는데 거절할 수가 없었다.

"괜찮습니다."

"제가 모시겠습니다."

행크가 앞장서서 걸어가자 등 뒤에서 불만 섞인 음성이 흘러나왔다.

"나는 완전 투명인간이군. 진짜 서럽다! 서러워!"

형수의 말에 황병익 대표가 손을 내밀었다.

"장형수 선수, 이번에 트레이드된 것 축하드립니다. 고등학교 때처럼 차지혁 선수와 함께 다저스에서 멋진 활약 기대하겠습니다."

"황 대표님 말씀처럼 되지 못하면 또다시 트레이드 당할지도 모르니 이를 악물고 해야겠다는 마음이 생기네요."

형수는 행크를 바라보며 그렇게 푸념했다.

그 모습을 보며 황병익 대표가 재밌다는 듯 웃었다.

고등학교 때 몇 차례나 만난 적이 있었던 두 사람이었기에 서먹한 느낌은 하나도 없었다.

생각해 보면 형수는 어느 누구와도 잘 지냈던 것 같았다.

천성이 그런 녀석인 거다.

"황 대표님, 제가 대표님 에이전시로 넘어가면 위약금이나 법적 분쟁 정도는 다 해결해 주실 수 있나요?"

에이전시를 옮긴다는 말이 진심이었던 건가?

"물론입니다. 장형수 선수가 원한다면 내일부터라도 당장 일을 진행시킬 수가 있습니다. 진심으로 저희 쪽으로 옮기실 의향이 있으십니까?"

황병익 대표의 눈동자가 반짝였다.

당연한 반응이다.

지금이야 나로 인해 형수가 찬밥 신세 취급을 받고 있지만, 국내 역대급 포수 유망주로 인정받았고 실제로 해외 드래프트에서도 4라운드에 지명받을 정도로 높은 잠재력을 갖고 있었다.

이런 형수를 소속 에이전시에서 무시한다?

말도 안 되는 일이고, 있을 수도 없는 일이다.

원래 형수는 오늘 LA에 입국할 예정이 아니었다.

일주일 후에나 입국을 하기로 예정되어 있었는데, 나를 따라서 일찍 들어온 것뿐이다.

그런데 이런 사실을 에이전시에 알리지도 않았고, 당연히 다저스 구단에서도 전혀 모르고 있다.

그렇다 보니 스카우트나 현장 직원이 아니라면 형수를 못 알아보는 것도 당연했다.

체격이 좋아 눈에 띄기는 했지만, 행크의 입장에서는 나를 보호하는 보디가드 정도로 생각할 수도 있었다.

아니나 다를까, 구단 측에서 준비한 차량에 탑승하기 전에 황병익 대표가 슬쩍 행크에게 형수에 대해 이야기를 하자 그가 깜짝 놀라며 형수에게 인사를 해왔다.

형수로서는 딱히 기분 좋은 인사는 아니었지만, 자신의 처지를 잘 알기에 괜찮다고 대답할 수밖에 없었다.

"짐은 다 도착했습니까?"

하루 전에 미리 어머니가 싸주신 김치와 반찬 등을 비롯해서 개인 생활 용품을 보냈었다.

"그렇지 않아도 오늘 오전에 모두 집으로 옮겨놨습니다. 그리고 성대준 대표가 차지혁 선수의 새로운 글러브 등을 비롯해서 운동 용품과 의류 등을 보내온다고 했습니다."

"공항에서도 아무런 말이 없었는데."

국내 스포츠 브랜드 시장에 급부상한 'Woool'의 성대준 대표 역시 공항까지 날 마중 나온 사람 중 한 명이었다.

내가 울의 메인 모델로 활약을 하고 항상 관련 운동 용품과 의류를 입고 다니다 보니 불과 반년도 안 되는 시간 동안 엄청나게 성장을 하고 있었다.

덕분에 나 역시 통장에 꽤 많은 돈이 쌓이고 있었고, 보유하고 있는 주식의 가치 또한 굉장히 높아져 있는 상태였다.

"너 얼마나 벌었냐?"

곁에서 가만히 앉아 있던 형수가 은근슬쩍 물어왔다.

"꽤 벌었어."

"그러니까 얼마?"

"정확한 액수는 잘 몰라."

"대충이라도 말해봐."

궁금해서 못 참겠다는 형수의 부담스러운 눈빛에 대충 대답했다.

"6억 정도."

"6억?"

형수가 놀란 얼굴로 날 바라봤다.

연봉 자체가 백억 단위가 넘다보니 6억이 작게 느껴질 수도 있지만, 절대 적은 돈이 아니다.

6억은 어디까지나 울에서 발생한 순이익의 7%를 받은 금액일 뿐이었다.

실제로 정말 큰돈이 되는 건 주식의 가치였다.

"너 주식도 꽤 가지고 있다면서?"

"그건 또 어디서 들었어?"

"기사로 도배가 됐는데 모르는 사람이 더 이상한 거지! 그리고 지아도 그러더라. 너 패가망신하고 싶어서 주식한 다면서 좀 말리라고."

"하여간 걔는 별소리를 다 하네. 내가 무슨 주식을 알겠어? 그냥 황 대표님이 스톡옵션인가 뭔가로 주식을 받고, 개인 돈도 좀 투자해 보는 게 어떻겠냐고 하길래 했을 뿐이야."

처음 울과 계약을 맺고 스톡옵션을 통해 얻은 주식과 일부 돈을 투자해서 사들인 주식의 수가 꽤 됐다.

계약을 맺을 당시에만 하더라도 1주당 1020원이었던 가격이 지금은 7800원을 넘어선 상태였다.

7배가 늘어난 거다.

"그래서 얼마나 가지고 있는데?"

"17%정도 가지고 있어."

지속적으로 황병익 대표와 함께 울의 주식을 사놨기 때문에 현재 나는 울의 지분율이 17%나 됐고 황병익 대표 역시 12%나 되었다.

40억이 겨우 넘었던 주식총액도 이제는 290억이 넘었고, 앞으로도 계속해서 상승할 전망이라 코스닥 시장에서는 가장 뜨거운 주식으로 불리고 있다고 들었다.

"17%?"

형수가 눈썹을 꿈틀거리더니 재빨리 주머니에서 핸드폰을 꺼냈다.

인터넷으로 주식을 알아보더니 이윽고 열심히 계산까지 끝내고는 내 멱살을 움켜잡았다.

"이 자식아! 너만 부자 될 생각이야? 이런 좋은 일은 나한테도 좀 알려주면 좋잖아!"

"난 아직도 주식 잘 몰라. 그냥 황 대표님이 괜찮다고 하니까 한 것뿐이야. 하고 싶으면 너도 지금이라도 울 주식을 사던지."

내 말에 형수가 버럭 소리를 내질렀다.

"반년도 안 되서 7배나 뛴 주식을 사는 멍청이가 어딨냐!"

갑자기 소리를 내지르는 형수로 인해 운전을 하던 행크가 깜짝 놀라며 무슨 일이냐며 물어왔다.

창문을 열고 고래고래 소리를 내지르는 형수를 대신해서 내가 아무 일도 아니니 신경 쓰지 말라고 대답을 했지만, 백미러를 통해 자꾸만 우리 쪽을 쳐다보는 행크였다.

10분 정도가 지났을까?

말없이 창밖을 바라보던 형수가 나에게 조심스럽게 물었다.

"지금이라도 살까?"

"내 옆에 멍청이가 있었네."

*　　　　*　　　　*

"마음에 드십니까?"

황병익 대표의 말에 나보다도 형수가 먼저 외쳤다.

"죽입니다! 태어나서 이렇게 좋은 집은 본 적이 없습니다!"

형수의 말대로 나 역시 황병익 대표가 구한 집을 구경하면서 상당히 놀랐다.

겉으로 보기엔 딱히 놀라울 것이 없었다.

외국 영화에서 쉽게 볼 수 있는 작은 앞마당이 딸린 2층짜리 주택이었으니까.

외형만 놓고 본다면 평범해서 일반 가정집이나 다름없었다. 하지만 집을 돌아서 뒷마당으로 향하면 이야기가 달라진다.

집보다 그 크기가 훨씬 더 큰 박스 형태의 창고 같은 건물이 하나 있었는데, 그 내부가 기가 막혔다.

우선 지하와 지상으로 나누어져 있었는데, 지하에는 25m의 길이로 만들어진 실내 수영장과 따로 분리되어 있는 넓은 공간에는 각종 헬스 운동 기구가 구비되어 있어 웬만한 헬스장보다 나아 보였다.

1층은 투구 연습을 할 수 있는 마운드와 간단하게 몸을 풀거나 튜빙을 할 수 있도록 효율적으로 공간이 마련되어 있었다.

사무실처럼 따로 분리 독립된 공간에는 제법 커다란 모니터 3대와 각종 영상 장비 및 촬영 카메라들이 놓여 있었다.

"다저 스타디움 바로 옆에 이런 좋은 집이 있다니! 도대체 누가 이런 집을 지어놓고 임대를 한 겁니까?"

누가 봐도 야구 선수를 위한 집이었다.

그것도 타자보다는 투수에게 더욱 효과적인 훈련 시설이었다.

형수의 말처럼 다저 스타디움까지는 고작 2마일(mile), 즉 3킬로미터밖에 되질 않았다.

"케디올라 벨로 선수가 직접 설계했던 집이라고 합니다."

"케디올라 벨로!"

2019년 LA 다저스 유니폼을 입고 메이저리그에 입성한 쿠바 선수 케디올라 벨로를 모를 리가 없다.

데뷔 년도에 15승을 거두며 단번에 다저스 2선발로 자리를 잡은 케디올라 벨로는 2020년 23승을 거두며 사이영상까지 거머쥐었다.

데뷔 2년 만에 일궈낸 놀라운 성과였다.

당시 성적만 놓고 본다면 상징적인 에이스였던 커쇼보다 훨씬 더 뛰어났다. 그렇다 보니 자연스럽게 새로운 에이스라 불리며 다저스의 1선발로 올라선 케디올라 벨로였다.

하지만 2021년 5승을 끝으로 케디올라 벨로는 메이저리
그를 떠났다.

실력이 부족해서가 아니라, 교통사고로 목숨을 잃은 것
이다.

당시 7게임에 등판해서 5승을 거머쥐고, 평균자책점
1.64라는 뛰어난 성적을 유지하고 있었기에 그의 갑작스러
운 죽음은 모든 야구팬들에게 큰 충격을 안겨줄 수밖에 없
었다.

"2021년에 이 집을 완공하고 교통사고로 떠나기 직전까
지 딱 3개월 살았다고 합니다. 케디올라 벨로의 약혼녀가
이 집을 다저스에 넘겼는데, 이후로는 다저스에서 케디올
라 벨로 선수의 집을 유지, 보수만 하고 있었다고 합니다.
몇몇 유망주에게 임대해 주려고도 할 때마다 모두 싫다고
했답니다."

"나 같아도 싫겠네요. 아무리 좋은 집이라고 하더라도 꺼
림칙하잖아요."

집 좋다고 연신 환호를 할 때는 언제고 이제와 인상을 찌
푸리며 괜히 주변을 못마땅하게 바라보는 형수였다.

하긴, 집 주인이었던 케디올라 벨로가 집에서 살기 시작
하고 3개월 만에 교통사고로 죽었으니 그럴 만도 했다.

"지혁이 넌 알고 있었던 거야?"

"알고 있었어."

"알고도 여기 살겠다고 한 거라고?"

"안 될 이유라도 있어?"

"사람이 죽어나간 집이잖아! 아무래도 좀 불길하지 않냐?"

케디올라 벨로가 집에서 죽었나?

교통사고로 길에서 죽었다.

집과 무슨 관계가 있단 말인가?

형수의 말대로라면 사람이 죽거나 다친 집은 절대 살아선 안 된다는 말인가?

말 같지도 않는 소리다.

대꾸도 하지 않고 다시 자세히 개인 훈련장을 살펴봤다.

연습 벌레라는 말을 달고 다녔을 정도로 훈련에 집착했다는 케디올라 벨로가 얼마나 공을 들여 설계를 했는지 충분히 느낄 수 있었다.

훈련 시설도 좋지만, 방음부터 시작해서 통풍과 환기를 위한 시스템들도 상당히 만족스러웠다.

솔직히 이만한 개인 훈련 시설을 가지고 있다는 건 운동선수에겐 커다란 자랑거리였다.

"정말 여기서 살 거야? 그냥 다른 데로 가면 안 될까? 어차피 운동 시설은 다저스 훈련장이 훨씬 더 좋잖아? 코앞에 최고의 훈련 시설을 갖춘 다저 스타디움이 있는데 왜 개인 훈련장이 필요한 거야?"

"훈련은 집에서도 해야 하니까."

형수의 말을 단번에 거절하곤 집으로 향했다.

개인 훈련장은 상당히 공을 들인 반면, 집은 딱히 별다를 게 없었다.

일반 가정집과 하나도 차이가 나지 않을 정도로 지극히 평범했다.

어째서 케디올라 벨로의 약혼녀가 미련 없이 다저스에 이 집을 넘겼는지 알 만했다.

"엄마한테 부적이라도 좀 보내달라고 하던가 해야지."

형수는 툴툴거리면서도 자신의 방에 짐을 풀었다.

1층에는 부엌 겸 식탁이 놓여 있는 식당, 가죽 소파와 TV가 놓여 있는 중앙의 거실, 화장실, 적당한 크기의 방 하나가 있었는데 형수와 상의 끝에 손님방으로 남겨두기로 했다.

2층에는 3개의 방과 화장실 겸 샤워실이 전부였다.

형수와 나는 서로의 휴식을 방해하지 않기 위해 가장 멀리 떨어진 방을 각자 사용하기로 했다.

한국에서부터 들고 왔던 가방을 내 방에 내려놓자 형수

가 날 불렀다.

"지혁아! 1층에서 음료수라도 한잔하자!"

알겠다고 대답하고 1층으로 내려가니 쿠키와 과자, 빵 등이 소파 앞 테이블에 널려 있었다.

자리를 잡고 앉자 형수가 대뜸 내게 말했다.

"그나저나 넌 어떻게 그런 상황에서도 태연할 수 있는 거냐? 옛날부터 네 심장은 특별하다고 생각했지만, 구단주 앞에서도 아무렇지 않을 줄은 몰랐다."

"왜?"

"구단주랑 단장을 비롯해서 임원들이 널 바라보는 눈 못 봤어? 옆에 서 있던 내가 다 부담스럽더라! 눈으로 넌 무조건 20승을 해야 해! 20승 투수를 위해 우리가 그 큰돈을 쓴 거야! 라고 하는 거 못 봤어?"

"아."

충분히 느꼈다.

구단주를 비롯한 임원과 단장의 시선은 굉장히 뜨거웠다.

이해한다.

막대한 돈을 들였으니 그럴 수밖에 없을 거다.

막말로 내가 성적을 내지 못하면 나야 먹튀 소리 듣고 말지만, 다저스 구단의 피해는 엄청나기 때문이다.

그때는 메이저리그 최고의 호구라는 소리를 들어야 할 판이다. 물론 지금도 비슷한 소리를 듣고 있는 상황이지만.

"구단주가 차지혁 선수를 바라보는 시선이 좀 뜨겁긴 하더군요. 하하하."

황병익 대표의 말에 형수는 고개를 절레절레 저었다.

"좀 뜨거운 정도가 아니라 완전 이글이글 타들어가던데요?"

내가 피식 웃자 형수가 혀를 찼다.

"좋다고 웃을 일이 아니야. 성적 못 내봐라. 널 쳐다보던 눈빛이 살기가 되어 널 죽이려고 할걸?"

생각만 해도 끔찍하다는 듯 형수가 진저리를 쳤다.

하긴, 일개 선수에게 구단주는 말 그대로 하늘과도 같은 존재이질 않은가.

그런 구단주가 작정하고 선수 하나 죽이겠다고 마음먹으면 정말 인생 괴롭게 꼬일 거다.

"국제 면허증은 발급받아 오셨죠?"

"네. 받아는 왔습니다. 그런데 제가 차를 운전하고 다닐 일이 많겠습니까?"

미국이 넓다는 건 인정한다.

아무래도 대중교통보다는 직접 자동차를 운전하고 다니는 것도 편하다는 것도 인정한다.

그래서 군말하지 않고 한국에서 면허증을 땄고, 그걸 국제 면허증으로 발급받아서 왔다.

하지만 집과 야구장의 거리가 이렇게 짧은데 운전을 할 필요가 있을까 싶었다.

이 정도의 거리는 솔직히 걷거나, 뛰어 다녀야 한다고 생각했다.

운동선수는 몸이 편해지기 시작하면 그만큼 운동 능력이 떨어진다 생각하는 나였기에 3㎞의 거리 정도는 튼튼한 두 다리로 다녀야 할 거리였다.

"미국에서는 차를 끌고 다니는 것이 훨씬 편합니다. 차는 미리 신청을 했습니다. 3일 이내로 집까지 올 겁니다. 차지혁 선수가 딱히 원하는 회사나 모델이 없다고 하셔서 제가 어울릴 만한 걸로 직접 골라봤습니다. 아, 그리고 차는 제가 차지혁 선수에게 드리는 선물입니다."

"그렇게 하실 필요 없습니다. 제가 따로 돈을 드리겠습니다."

"차지혁 선수가 우리 에이전시에 준 이익이 얼마나 큰 줄 아신다면 그냥 받아서 잘 타고 다니시면 됩니다."

"선물로 주겠다는 걸 왜 굳이 마다하고 그러는 거야. 황 대표님 진짜 센스쟁이시네! 아무래도 진짜 저 황 대표님 회사로 옮겨야겠습니다. 흐흐흐!"

"그럼 내일부터 장형수 선수 에이전시 대표에게 계약 해지 절차를 시작해도 되겠습니까?"

황병익 대표가 진지하게 나오자 형수가 슬쩍 시선을 돌려 버렸다.

그 모습에 나와 황병익 대표가 피식 웃고 말았다.

*   *   *

LA 다저스에는 2명의 슈퍼스타가 있다.

필 맥카프리.

전형적으로 엘리트 코스를 차근차근 밟으면서 야구를 해온 선수다.

2017년 신인 드래프트 1라운드 지명으로 다저스에 입단, 1년간 마이너리그에서 착실하게 키워져서 데뷔 년도부터 꾸준하게 선발의 한 축을 담당, 이제는 명실상부 LA 다저스의 에이스가 된 투수.

필 맥카프리는 데뷔 년도부터 꾸준하게 10승 이상을 책임졌다.

부동의 에이스 커쇼, 혜성처럼 등장했던 케디올라 벨로의 그늘에 가려 있던 필 맥카프리는 2022년 24승으로 사이 영상을 수상하면서 지금부터 자신의 세상임을 알렸다.

이듬해에도 필 맥카프리가 22승을 달성하자, LA 다저스는 발 빠르게 5년 1억 8천만 달러라는 대형 계약을 체결했다.

명실상부 평균 연봉 3천만 달러를 넘기는 슈퍼스타 대열에 합류한 것이다.

2026년에도 18승을 따내며 다저스 선발진의 중추 역할을 제대로 해주고 있었다.

"이 인간은… 아마도 널 지독하게도 싫어할 것 같다."

형수는 다저 스타디움으로 향하며 내게 그렇게 말했다.

"호의적이지는 않겠지."

충분히 예상이 되는 시나리오다.

"소문에 따르면 성질도 더럽다고 하더라. 원래 성격 자체가 잘난 체가 좀 있는 편인데 다저스 에이스라는 것까지 더해졌으니 엄청 거만할 거다. 그런데 신인 투수가 에이스인 자기보다 훨씬 더 큰 계약을 체결했으니 안 봐도 뻔하지."

형수는 고개를 절레절레 저었다.

에이스와의 충돌.

대전 호크스의 경우엔 충돌이라 할 것도 없었지만, 다저스는 다를 수밖에 없다.

세계 최고의 리그, 그중에서도 명문이라 불리는 다저스의 에이스다.

3천만 달러가 넘는 연봉을 받는 에이스의 자존심이 얼마나 대단할지는 묻지 않아도 알 만했다.

필 맥카프리와의 감정싸움은 다저스와의 계약을 생각하면서부터 각오했어야 할 일이다.

이건 다저스가 아닌 다른 어떤 메이저리그 구단과 계약을 했어도 있을 수밖에 없는 상황이다.

"필 맥카프리와는 어차피 좋은 사이로 지내기 힘들 테니까, 네가 공략해야 할 대상은 바로 트라웃이야."

투수조에 필 맥카프리가 있다면 야수조에는 메이저리그 역대급 신인, 은퇴를 하면 명예의 전당에 반드시 이름을 올릴 메이저리그 슈퍼스타 마이크 트라웃이 있다.

무슨 말이 더 필요할까?

신인 데뷔부터 충격적이다.

30─30클럽에 가입하고 MVP 투표 2위를 차지한 괴물 중의 괴물인 마이크 트라웃은 2023년 미국 전역을 충격에 빠트린 초대형 트레이드로 LA 에인절스에서 LA 다저스의 유니폼으로 갈아입었다.

지역 라이벌인 두 팀 간에 이뤄진 트라웃 트레이드는 말 그대로 모두의 눈과 귀를 의심하게끔 만드는 사건이었다.

무엇보다 팀의 프랜차이즈 스타인 마이크 트라웃을 트레이드시킨 에인절스의 팬들은 폭동에 가까운 항의까지 벌이며 트레이드를 되돌리라고 외쳤다.

하지만 결과는 변하지 않았다.

결국 트라웃은 다저스의 유니폼을 입었고, 에인절스는 12년 동안 엄청난 활약을 해준 팀 내 프랜차이즈 스타를 망설임 없이 라이벌 팀으로 보내 버리는 만행을 저질렀다.

"트라웃은 성격이 좋아서 따르는 선수들이 많아. 지혁이 네가 트라웃과 관계만 잘 맺어도 널 시기하고 질투하는 선수들 속에서도 편안하게 팀 생활을 할 수 있을 거야."

"그는 요즘 어때?"

내 물음에 형수가 씨익 웃으며 고갯짓으로 한곳을 가리켰다.

호랑이도 제 말하면 나타난다더니… 다저 스타디움으로 걸어 들어가는 한 선수, 마이크 트라웃의 모습이 눈에 들어왔다.

"마이크 트라웃!"

형수가 다짜고짜 마이크 트라웃의 이름을 크게 외쳤다.

메이저리그 최고의 타자, 마이크 트라웃이 몸을 돌려 나와 형수를 바라봤다.

"네가 그 소문의 슈퍼 루키? 코리아 쇼크?"

마이크 트라웃이 날 위아래로 바라보며 물었다.

191㎝인 나보다 살짝 작은 키의 트라웃은 TV에서 봤던

것보다 훨씬 더 살이 빠져 있었다.

"반갑습니다. 차지혁이라고 합니다."

내 인사에 트라웃이 손을 내밀었다.

악수를 하고 싶다는 행동임을 알기에 웃으며 손을 잡았
다.

"앞으로 잘해보자고. 한국에서 보여줬던 환상적인 실력
을 메이저리그 마운드에서도 보여줘."

트라웃의 호의적인 모습에 한결 내 마음이 편안해졌다.

"트라웃! 이번에 새롭게 다저스로 트레이드된 장형수라
고 해! 포지션은 포수! 여기 있는 지혁과는 고등학교 때부
터 배터리를 맞춰왔지! 여러 가지로 많은 도움이 됐으면 좋
겠어!"

형수가 불쑥 끼어들며 언제 봤다고 트라웃에게 친근하게
말을 했다.

상대를 존중하는 의미에서 단어 하나하나 신경 쓰는 나
와 다르게 형수는 그런 걸 별로 생각하지 않는 듯 정말 편
안하게 말을 하고 있었다.

"트레이드? 아! 마리아 파헬슨을 밀워키로 보내고 데리
고 왔다는 유망주가 너였어?"

트라웃의 시선이 호기심에 가득차서 형수를 훑어봤다.

197㎝의 큰 키에 미국에서 근육량을 더 늘려서 더욱더

큰 체격이 되어버린 형수는 트라웃을 굉장히 작게 만들어 버렸다.

"포수라고?"

트라웃은 형수의 체격 조건이 포수에 어울리지 않는다는 듯 고개를 갸웃거렸다.

"장차 메이저리그 최고의 포수가 될 몸이지!"

자신감 하나는 정말 최고인 형수다.

내 앞에서 소주를 마시며 메이저리그 성적이 처참하다고 한숨을 푹푹 내쉬던 모습과는 전혀 달랐다.

"그래, 잘해봐."

트라웃은 별다른 반응을 보이지 않았다.

한국이었다면 어떤 식으로든 감정을 드러냈을 형수의 태도였지만, 트라웃은 전혀 감정을 드러내지 않았다.

"입단식은 언제지?"

트라웃이 나에게 다시 관심을 드러냈다.

"이틀 뒤입니다."

"이틀 뒤? 어쨌든 다저스에 온 걸 환영한다. 그리고 나한테는 편안하게 말해도 돼."

웃으며 어깨를 툭 치는 트라웃의 행동에 나는 고개를 끄덕였다.

형수의 말처럼 성격이 굉장히 좋아 보였다.

"그런데 여긴 무슨 일이야?"

지금은 비시즌, 그것도 훈련을 전혀 하지 않는 시기였다.

거기에 LA 다저스는 현재 감독도 없었다.

2026년 내셔널리그 서부 지구에서 성적이 3위에 머물면서 감독이 경질됐기 때문이다.

현재는 새로운 감독과 계약을 진행 중이라고 했다.

결과적으로 선수들도 없고, 감독도 없는 다저 스타디움이란 소리다.

"구경하려고. 앞으로 우리가 몇 년은 뛰어야 할 홈구장이니까 미리 알아둬서 나쁠 건 없잖아?"

형수가 대신 말을 했고, 트라웃은 그럴 만하다 생각을 했는지 고개를 끄덕였다. 그러다 무슨 생각을 했는지 자신이 안내를 해주겠다고 했다.

괜찮다고 말을 하려는 나보다 형수가 먼저 흔쾌히 받아들이며 트라웃에게 달라붙었다.

트라웃의 안내를 받아 다저 스타디움의 곳곳을 구경할 수 있었다.

국내의 야구장과는 확연하게 차이가 났다.

그라운드부터 시작해서 클럽 하우스, 실내에 마련되어 있는 웨이트 트레이닝 센터, 전력 분석실 등등 모든 곳이 훌륭하다는 소리가 나올 정도였다.

이런 좋은 환경을 하루라도 빨리 국내의 구단들이 도입했으면 좋겠다는 생각이 절로 들었다.

"트라웃! 덕분에 정말 고마워! 보답으로 저녁은 우리가 살게. 시간 괜찮아?"

형수의 말에 트라웃이 웃으며 고개를 저었다.

"밥은 다음에 같이하지. 나는 훈련을 해야 해서 말이야."

0.332/0.416/464/342.

0.275/0.342/9/8.

앞의 수치는 마이크 트라웃이 LA 에인절스 시절에 달성한 통산 타율, 출루율, 홈런, 도루의 기록이다.

뒤의 수치는 2023년 LA 다저스로 트레이드를 한 이후의 통산 성적이다.

더 정확하게는 2023년부터 작년까지 고작 35게임을 치르고 난 성적이다.

그렇다면 그 이후는?

없다.

2023년부터 2024년까지 큰 수술을 두 번이나 했기 때문이다.

어깨 연골 파열이었다.

보통은 투수들에게 잘 나타나는 부상이었는데, 타자인 트라웃에게 이런 부상이 발생했다. 무엇보다 증상이 굉장히 오래전부터 시작됐기 때문에 간단한 수술로는 회복할 수가 없을 정도로 심각했다.

LA 에인절스가 트라웃을 트레이드시킨 이유다.

2022년에도 34개의 홈런을 터트리며 준수한 활약을 해줬지만, 확실히 전년도에 비해 페이스가 급격하게 떨어진 트라웃이었다.

언론에서는 트라웃에게도 슬럼프가 왔다, 노쇠화가 시작된 증거다라며 떠들어댔지만, 당시 트라웃의 나이가 32살이라는 걸 감안하면 너무 이른 판단이었다.

실제로도 노쇠화나 슬럼프가 아닌 어깨 연골에 문제가 생겨 발생한 것이었고, 그 사실은 이미 공공연한 비밀처럼 소문이 돌고 있었다. 그러나 대다수의 구단들은 그리 큰 문제는 아닐 것이며, 트라웃이라면 어떤 식으로든 치료 이후 반시즌 만에 충분히 제자리를 찾아올 것이라고 예상하고 있었다.

하지만 당장 LA 에인절스의 생각은 조금 달랐다.

트라웃은 프랜차이즈 스타에다 명예의 전당에 이름을 올릴 역대급 선수에 걸맞게 매년 3,500만 달러에 달하는 막대한 연봉을 받는 선수였기에 그가 제대로 된 활약을 못 한다거나, 혹시라도 생각보다 부상이 커진다면 그 손해가 막심해 계산기부터 두드릴 수밖에 없었다.

당연히 구단 수뇌부들의 생각이 팽팽하게 갈렸다.

트라웃을 끝까지 책임지고 영구히 에인절스의 선수로 데리고 있어야 한다와 부상의 경도가 심하지 않은 지금 어떻게든 구단에 도움이 될 만한 방향으로 트레이드를 해야 한다는 양쪽의 의견이었다.

결국 에인절스는 확신할 수 없는 트라웃의 미래를 포기하기로 했다.

물론, 가장 큰 이유는 역시 6년간 2억 달러가 넘는 연봉이었다.

그렇게 트라웃은 다저스와 트레이드가 됐다.

다저스의 초특급 유망주에다가 4선발 투수까지 받고 트라웃을 내준 거다.

트레이드 전 자체 검사에서 큰 문제가 아니라 판단한 다저스였지만, 시즌이 시작되고 얼마 지나지 않아서 트라웃의 부상이 심각하게 변했고 부랴부랴 수술대에 트라웃을 올렸지만 경과는 너무 나빴다.

많은 언론에서도 트라웃은 끝났다고 할 정도로 부정적이었지만, 당사자인 트라웃은 달랐다.

치명적인 어깨 연골 파열에도 불구하고 재활을 통해 드디어 2027년 재기의 신호탄을 준비하고 있었다.

"재기할 수 있을까?"

구단 훈련장으로 향하는 트라웃의 뒷모습을 바라보며 형수가 말했다.

"트라웃이잖아."

천재 중의 천재, 야구를 위해 태어난 선수라 불리는 트라웃이다.

전 세계의 내로라하는 야구 천재들이 모여 있는 메이저리그에서도 독보적인 재능으로 메이저리그를 호령했던 트라웃이라면 반드시 재기에 성공할 것 같았다.

'설마, 장태훈 선배처럼 되진 않겠지.'

Chapter 3

평평평!

정식 계약서에 서명을 하고 입단식을 치렀다.

엄청난 수의 기자들과 다저스 팬들이 다저 스타디움으로 몰려들었다.

기자들이나 팬들이나 호의적으로 바라보는 이들도 있고, 부정적인 시선을 보내는 이들도 있었다.

등번호는 결국 7번을 달았다.

원래는 13번이나 3번을 달 생각이었는데, 7번이었던 선수가 이적을 하면서 행운의 번호라 할 수 있는 7번을 차지할 수 있었다.

미국과 한국의 기자들은 한마디라도 더 듣기 위해 질문을 퍼부었고, 한국에서 그랬던 것처럼 나는 담담하게 대응했다.

"다저스에서 뛰는 동안 한 가지만 생각할 겁니다. 월드시리즈 우승. 그리고 챔피언스리그 우승. 다저스가 우승하는 것이야말로 제 개인의 가장 큰 영광이고, 다저스 또한 우승을 위해 절 영입했다고 생각할 뿐입니다. 그 외엔 생각하지 않을 겁니다."

포부를 말해달라는 기자의 답변에 그렇게 대답했다.

신인왕과 사이영상에 도전할 것이냐, 투수로서 MVP를 차지할 수 있겠냐 등등 온갖 질문이 쏟아졌지만 대부분의 답변은 한결같았다.

오로지 팀을 위해 마운드에 설 뿐이다.

내가 할 수 있는 말은 그게 전부였다.

하이에나 무리처럼 달려드는 기자들에 대한 내 대응 능력에 구단주를 비롯한 임원들과 단장은 꽤 마음에 들어 하는 모습을 보였지만, 쇼맨십이 없는 것 같은 단답형의 대꾸와 무미건조한 인터뷰에는 아쉬워하는 기색을 드러냈다.

나도 안다.

슈퍼스타는 야구 실력도 중요하지만 그에 걸맞는 쇼맨십

도 필요하다는 사실을. 하지만 기자들 앞에서는 항상 조심
해야 한다는 생각이 머릿속에 박혀 있기 때문인지 쉽게 바
뀌질 않았다.

꽤 화려했던 입단식을 마치고 집으로 돌아오자 황병익
대표가 선물이라며 준비한 자동차가 집 앞에 세워져 있었
다.

"S65 AMG!"

M사의 자동차라는 사실만 알고 있는 나와 다르게 형수는
모델명까지도 정확하게 알고 있었다.

형수는 자동차의 외관을 꼼꼼히 살펴보며 연신 탄성을
터트렸다.

자동차에 대해 아는 것 하나 없는 내가 보기에도 꽤 멋진
외형을 갖고 있었다.

원래대로라면 진작 도착했어야 할 자동차였는데, 영업점
에서 내가 타는 자동차라는 걸 알고는 여러 가지 서비스를
해주느라 시일이 늦었다며 차를 가지고 온 영업사원이 말
했다.

"시트 봐! 죽여준다! 지혁아, 얼른 앉아봐!"

형수는 내 손을 잡아당기며 억지로 운전석에 앉혔다.

"시동! 시동!"

스타트 버튼을 누르자 묵직하게 깔리는 조용한 엔진 소

리가 날 깜짝 놀라게 만들었다.

자동차 학원에서 운전했던 자동차나 아버지의 차와는 차원이 다른 엔진음이었다.

"소리 봐라! 죽인다!"

형수는 굉장히 부러운 눈으로 자동차를 내부까지도 이리저리 살펴보더니 말했다.

"나도 한 대 뽑을까?"

"그러든지."

나에 비해 적을 뿐이지, 형수의 연봉도 꽤 많은 편이었다.

메이저리그 평균 연봉에는 비할 수가 없겠지만, 그래도 정식 메이저리거도 아닌 형수의 연봉은 한국의 웬만한 대기업 임원보다 훨씬 많다 할 수 있었다.

"생각 좀 해봐야겠다!"

말과 다르게 형수의 눈동자는 이미 자동차를 사고 말겠다는 의지가 강렬했다.

"마음에 드십니까?"

"예. 그런데 너무 좋은 차를 선물로 주신 것 같습니다."

내 말에 황병익 대표는 그저 웃기만 했다.

솔직히 자동차에 대해서 아는 것도 없고, 운전도 초보인 내가 이렇게 좋은 자동차를 끌 필요가 있을까 싶었지만, 선물로 주겠다는 걸 억지로 돌려줄 수도 없었기에 조심해서 타기로 했다.

"희소식이 있습니다."

입단식이 끝나기가 무섭게 누굴 만나고 오겠다고 했던 황병익 대표였는데, 어떤 정보를 들은 모양이었다.

"다저스 구단의 전력 보강 계획이 거의 막바지에 이르렀다고 합니다."

"그럼 크레이그 바렛이 다저스로 온다는 말입니까?"

크레이그 바렛.

2020년부터 지금까지 단 한 번도 골드 글러브를 놓친 적이 없는 현 메이저리그 최고의 유격수.

타격 능력이 조금 떨어진다는 평가를 받고 있지만, 수비 능력 하나만큼은 무결점이라 불리는 탬파베이 레이스의 주전 유격수로 올 시즌 공격력 강화를 위해 이적 시장에 내놓았고 현재 6개의 팀에서 치열하게 협상을 벌이고 있었다.

"그럴 가능성이 높다고 합니다."

황병익 대표의 말에 나는 기쁜 표정을 감추지 못했다.

투수에게 최고 수준의 수비 능력을 보유한 유격수는 말 그대로 가장 든든한 방패다.

다저스의 약점 중 하나가 바로 내야 수비다.

그중 유격수는 정말 처참했다.

항상 공격력에만 초점을 맞추다 보니 수비 실력이 형편 없었고, 그로 인해 다저스의 많은 투수들이 한숨을 푹푹 내쉬어야만 했다.

그랬기에 특급 유격수 유망주 마리아 파헬슨을 트레이드시킨 것이 팬들 입장에서는 어처구니없었던 거다.

"더불어 2명을 트레이드 중이라고 합니다. 그중 한 명이 에단 체이스입니다."

"누구라고요?"

자동차 구경에 정신이 팔려 있던 형수가 깜짝 놀라서 소리쳤다.

"에단 체이스 선수를 다저스에서 트레이드시킬 예정이라고 합니다."

"아싸!"

주먹을 불끈 쥐고 환호하는 형수였다.

그럴 수밖에. 에단 체이스는 현재 다저스의 백업 포수였으니까.

다시 말하면 다저스에서 형수의 가치를 높게 평가했거나, 다른 포수 자원을 물색하고 있다는 뜻이다.

아마도 후자보다는 전자일 가능성이 높다.

마리아 파헬슨까지 트레이드시키면서 형수를 데리고 왔는데, 여기서 에단 체이스를 보내고 다른 포수 자원을 영입한다? 굉장히 웃기는 트레이드가 된다.

눈치 빠른 형수가 이런 사실을 모를 리가 없었다.

"그리고 또 한 명의 선수와 이적 협상을 진행 중이라고 합니다."

"또요?"

"정보를 알려준 사람의 말에 의하면 상당한 스타급 선수라고 합니다."

"이왕이면 수비 능력이 좋은 선수였으면 좋겠군요."

순전히 내 바람일 뿐이다.

하지만 최고의 수비 능력을 갖춘 크레이그 바렛을 영입한 다저스에서 또다시 수비 능력이 좋은 선수를 데리고 올 리가 없다.

분명 공격력이 강한 타자를 노리고 있음이 분명했다.

"누구인지 모르나 이번 스토브리그에서 다저스는 역대 최고의 돈 보따리를 풀 거라는 맥브라이드 단장의 말이 확실해지고 있습니다."

나 한 사람에게만 하더라도 벌써 2억 9천만 달러, 근 3억 달러를 퍼부었다.

여기에 크레이그 바렛을 데리고 오려면 이적금까지 포함해서 최소 1억 달러 이상을 써야 한다.

두 명을 위해 4억 달러를 썼다.

그런데 스타급 선수 한 명을 더 이적 준비 중이라고 하니 최소 5억, 아니, 6억 달러다.

　여기에 장형수를 데리고 오기 위해 트레이드시킨 마리아 파헬슨의 가치, 그 외 여러 선수들과의 재계약이나 새로운 계약 등을 생각하면 전체 금액이 어마어마했다.

　"마지막으로 2주 후에 있을 스프링캠프에서 맥브라이드 단장이 말했던 투수 코치가 누구인지 확인을 했습니다."

　"차지혁 선수를 위해 내가 정말 어렵게 투수 코치를 영입했죠. 이번 스프링캠프에서 만날 수 있을 테니 기대해도 좋아요. 하하하."

　첫 만남 자리에서 맥브라이드 단장이 자신 있게 말했던 새로운 투수 코치.

　무엇보다 나를 위한 투수 코치였기에 기대하지 않을 수 없었다.

　"누구입니까?"

＊　　　＊　　　＊

　"후하~! 죽겠다! 넌 정말 인간이 아니야!"

맨바닥에 벌러덩 누워버린 형수가 질렸다는 듯 날 쳐다 봤다.

미리 준비해 뒀던 물을 천천히 마시며 격렬하게 뛰는 심 장을 달랬다.

LA 다저스와 계약을 하고 가장 좋은 점이라면, 개인 훈련 장과 다저 스타디움이 바로 코앞이라 편안하게 훈련을 할 수 있다는 사실이다.

특히, 다저 스타디움의 선수 훈련장은 최고의 시설을 갖 추고 있어 운동을 하는 것 자체가 즐겁게 느껴질 정도였다.

물론 내 훈련 일정을 그대로 따르는 형수는 죽을 맛일 거 다.

"지독한 놈! 어떻게 하루도 안 쉬냐?"

형수가 상체만 일으키고는 이온음료를 벌컥벌컥 마셔댔 다.

"운동선수가 하루 훈련을 빼먹으면 열흘의 고생이 무의 미해진다는 소리 못 들었어?"

한국에 있을 때, 어렸을 때부터 아버지가 항상 하던 말이 다.

힘들다고 하루를 쉬면 열흘 동안 힘들게 훈련했던 것들 이 수포로 돌아간다는 말은 확실히 틀린 말이 아니다.

물론, 규칙적인 휴식일이 있기에 가능한 일이겠지만.

"그런 말이 있었어? 어쨌든 어디 가서 체력으로는 빠지지 않는다고 생각했는데, 너랑 같이 훈련을 하니까 내가 이렇게 저질 체력이었나 하는 자괴감이 든다. 고등학교 때도 그랬지만 넌 여전하구나."

"구단에서 왜 많은 돈을 연봉으로 주겠어? 거기에는 훈련을 꾸준히 하라는 의미도 있는 거야. 그러니 게을러져선 안 되지."

"네, 네. 감히 차지혁 선수의 말씀을 어떻게 무시하겠습니까?"

살짝 빈정거리는 투로 말을 하지만 진심이 아니라는 걸 알기에 기분이 나쁘지 않았다.

미국에 오고부터 단 하루도 쉬질 않고 형수는 나를 따라서 훈련을 했다.

특히, 기본적인 체력 훈련과 스트레칭은 나와 똑같은 수준으로 훈련을 했는데, 그게 형수에게는 고역이나 다름없었다.

기본 훈련이 끝나면 나는 투수 훈련을, 형수는 타자 훈련을 했다. 그리고 함께할 수 있는 캐치볼부터 투구, 포수 훈련과 마무리로 정리 훈련을 했는데, 익숙해서 크게 힘들지 않은 나와 다르게 형수는 익숙해지기 전까지는 꽤나 고생해야만 할 것 같았다.

10년 넘게 차근차근 강도를 높여가며 지금의 훈련 수준을 만들어 놓은 나였다.

그걸 기본 체력만으로 따라하려는 형수였으니 보통 힘든 일이 아닐 수 없었다.

오죽했으면 첫날에는 형수의 얼굴이 하얗게 질려서 구토까지 했을 정도였다.

그럼에도 다음 날 이를 악물로 훈련하는 형수를 보니 다저스에서 반드시 성공하고 말겠다는 의지가 보였다.

"이 새끼들은 도대체 뭐가 이렇게 불만이 많아서 하루도 쉬질 않고 이따위 기사를 쓰는 거야? 개자식들!"

형수는 핸드폰으로 인터넷 기사를 보며 열을 냈다.

보나마나 뻔했다.

LA 다저스와 나에 대한 부정적인 기사, 혹은 비난 가득한 기사였다.

국내 언론이 참 극성스럽다고 여겼는데 미국에 오니 여기도 다를 것 하나 없었다.

무엇보다 뉴욕 언론에서 왜 그렇게 나에 대한 기사를 쓰는지 이해가 가질 않았다.

막말로 내가 천문학적인 돈을 받았든 말든, 한 푼 보태지도 않았는데 왜 그렇게까지 나를 부정적으로 생각하는지 알 수가 없었다.

덕분에 초기에만 하더라도 꽤 많은 부정적인 기사를 썼던 LA 언론에서 오히려 호의적으로 기사를 써줄 정도였다.

"또 카잔 이 개자식이네!"

형수가 이를 박박 갈아대는 카잔은 뉴욕 언론의 기자다.

얼굴 한 번 본 적 없는 카잔이라는 기자는 꼬박꼬박 기사를 썼는데, 직접적이든 간접적이든 항상 날 들먹였다.

"무당이야 뭐야? 지가 무슨 노스트라다무스야? 실패하긴 뭘 실패해! 이 개자식 때문에라도 반드시 성공해야지! 젠장!"

핸드폰을 꺼버리며 형수의 모습에 가볍게 혀를 찼다.

"그러니까 왜 기사를 찾아보고 그래. 그냥 무시해 버려. 어차피 시즌 시작되면 그때 결과로 보여주면 되잖아."

"알지, 나도! 그런데 자꾸만 거슬리는 걸 어쩌냐?"

씩씩 거리는 형수의 모습이 이해도 갔다.

처음에는 나만 걸고 넘어가던 카잔이라는 기자가 어느 순간부터는 형수까지도 걸고 넘어갔기 때문이다.

특히 형수를 트레이드시킨 다저스의 결정은 근 10년 동안 있었던 트레이드 중 최악의 실수일 거라고 평하기까지 했었다.

그 기사를 접하고 길길이 날뛰는 형수를 간신히 말려야만 했다.

"너랑 내가 월드 시리즈 무대에서 배터리로 출전하면 카잔이라는 놈이 얼마나 무능력한 기자인지 모두가 알게 되겠지. 다시는 기자질 못하게 만들어 버리려거든 훈련이나 해."

"그래! 반드시 우리 둘이 월드 시리즈 무대에 나가자! 내가 꼭 우승 반지를 끼고 만다!"

방금 전까지 죽을 것 같다며 쓰러졌던 형수가 몸을 일으키고는 다시 배트를 잡았다.

하루에도 수천 번씩 방망이를 휘두르며 타격 연습을 하는 형수였다.

손바닥은 물집이 잡혔다, 찢어졌다를 반복하며 거칠게 변해갔고, 그만큼 굳은살이 깊어지고 있었다.

나 역시 손에 들린 메이저리그 공인구를 손가락 끝으로 돌렸다.

한국 시리즈가 끝난 직후부터 메이저리그 공인구를 손에서 놓은 적이 없었다.

한국에서 던지던 공과는 감촉부터 실밥의 높이 등이 꽤 달랐기에 감각을 유지하려면 손에 익을 때까지 만지는 수밖에 없었다.

그 노력의 결과 이제는 메이저리그 공인구로도 어느 정도는 제구력을 유지할 수 있었지만, 아직까지는 부족했기에 스프링캠프와 시범 경기를 통해 실전에서 확실하게 다듬을 필요가 있었다.

다저 스타디움에서의 훈련을 마치고 막 집으로 돌아가려고 할 때였다.

"아직 돌아가지 않았군요!"

다저스 구단 직원인 행크가 우리 앞에 나타났다.

"무슨 일이죠?"

"지금 단장실로 가면 신임 감독님을 만날 수 있습니다."

"신임 감독님이요?"

나와 형수가 서로를 바라보고는 잠시 망설였다.

기사를 통해서 미리 알고는 있었지만, 이런 식으로 단장실까지 가서 신임 감독을 만나는 게 예의가 아닌 것 같았기 때문이다.

행크가 우리의 고민이 무엇인지를 알고는 다시 말했다.

"감독님께서도 두 분이 훈련 중이라고 하시니 시간이 된다면 훈련이 끝나고 만났으면 한다고 했답니다."

"그렇다면야."

형수는 더 이상 고민할 것 있냐는 듯 날 바라보며 고갯짓을 했다.

만나러 가보자는 행동이다.

"그럼 그러자."

곧바로 단장실로 향했고, 마침 단장실에서 나오는 신임 감독과 딱 마주쳤다.

키는 나와 비슷했지만 살집이 많이 붙어 확실히 나보다 커보였다.

"날 만나러 왔나?"

사람 좋아 보이는 웃음과 함께 신임 감독이 나에게 손을 내밀었다.

"차지혁입니다."

"이제부터 다저스를 이끌어 나갈 게레로네."

무슨 설명이 필요할까?

통칭 '괴수'라 불린 블라디미르 게레로가 바로 이번 시즌부터 LA 다저스의 지휘봉을 잡은 인물이다.

명예의 전당에도 헌액이 된 블라디미르 게레로 감독은 선수 시절 정말 말이 나오지 않을 정도로 엄청난 활약을 했던 대타자였다.

특히 한국 야구팬들이 게레로를 무척이나 좋아해서 그를 '게선생'이라 부를 정도였다.

무엇보다도.

'박호찬 선배가 항상 가장 까다로운 타자라고 말했지.'

소위 말하는 천적이다.

박호찬 선배에게 게레로는 천적 중 한 명이었다.

스트라이크와 볼을 가리지 않고 제 눈에 들어오면 배트를 휘둘러서 안타와 홈런을 만들어내는 배드볼히터인 게레로는 메이저리그를 대표했던 5툴 플레이어(five—tool player:정확성, 파워, 스피드, 송구, 수비)였다.

선수 생활을 은퇴하고 꾸준하게 마이너리그에서 코치와 감독 생활을 하다 이번에 처음으로 메이저리그 감독이 된 게레로를 두고 LA 언론에서는 당연히 많은 말을 하고 있었다.

당장 서부 지구 우승도 힘들지 않겠냐는 부정적인 기사들이 대다수를 이루고 있었음에도 다저스에서는 게레로에게 감독직을 넘겼다.

"언론사들이 가장 좋아하는 우리 둘이 이렇게 만나니 괜히 기분이 좋군. 하하하!"

게레로 감독의 말에 나는 슬쩍 웃고 말았다.

"처음 뵙습니다! 장형수라고 합니다!"

형수가 게레로 감독에게 큰 소리로 인사를 했다.

"오! 체격이 아주 좋군! 다저스에서 파헬슨을 밀워키로 보내면서까지 데리고 왔다는 포수 유망주가 바로 자네로군! 이거 다저스에서 제2의 조 마우어가 탄생하겠는걸?"

칭찬으로 한 말이라는 걸 알기에 형수가 환하게 웃었다.

조 마우어의 후반기 선수 생활이 어떻든 간에 그는 분명 대단한 포수였다.

그런 선수와 비교를 해주니 형수로서도 기분이 나쁠 이유가 없었다.

"이렇게 아니라 저녁이라도 같이 할까?"

"좋습니다!"

형수가 대뜸 대답을 했고, 우리는 그렇게 저녁을 먹기 위해 식당으로 향했다.

식사 자리는 나쁘지 않았다. 아니, 오히려 유쾌하고 즐거웠다.

게레로 감독은 선수 시절 괴수라 불렸던 사람답지 않게 유머가 있었고, 친근하게 나와 형수를 대해줬다.

선수 시절의 추억들을 떠올리며 이야기를 하거나, 우리에게 조언을 해주는 등 여러 가지로 좋은 시간을 보낼 수 있었다.

"스프링캠프가 얼마 남지 않았으니 거기서 보도록 하지."

게레로 감독과 헤어져 집으로 돌아오며 형수는 올 시즌 느낌이 좋다며 연신 웃음을 흘렸다.

분명 형수는 게레로 감독에게 확실하게 눈도장을 찍기는 했다.

선수기용에 있어서만큼 절대적인 권력을 행사하는 사람

이 감독이니 형수의 기분이 좋을 수밖에.

"연습하자! 연습!"

앞장서서 저녁 연습을 준비하는 형수를 보며 나는 피식 웃고 말았다.

*　　　*　　　*

시간이 휙휙 지나갔다.

미국에서의 하루 일과는 정말 단순했다.

집과 다저 스타디움을 오가며 연습을 하는 게 전부였다.

오죽했으면 형수가 연습하다 죽은 귀신이 달라붙었냐며 핀잔을 줄 정도였다.

그러면서도 하루도 빠지지 않고 내 옆에서 함께 훈련을 한 형수는 확실히 몸 상태가 굉장히 좋아져 있었다.

기술적인 부분이야 스프링캠프 기간 동안 코치들에게 가르침을 받아야 하겠지만, 그 과정을 무난하게 받아들일 수 있는 체력이 짧은 시간 동안 완성이 되었다.

"드디어 스프링캠프구나!"

형수의 눈동자가 반짝거렸다.

새로운 선수들과의 만남, 코치진과의 만남, 기술의 보완 등 형수는 스프링캠프를 무척이나 기대하고 있었다.

나 역시도 마찬가지였다.

무엇보다 맥브라이드 단장이 말했던 새로운 투수 코치, 정확하게는 나만을 위한 투수 코치와의 만남이 굉장히 기다려졌었다.

'그에게 배울 수 있게 될 줄이야!'

황병익 대표에게 투수 코치의 이름을 들었을 때, 나는 너무 놀라서 할 말을 잃고 말았었다.

"가자!"

형수가 큼지막한 짐을 차에 실으며 재촉했다.

이번에는 스프링캠프가 애리조나에 차려졌다.

스프링캠프 시작 날짜에 맞춰서 애리조나로 향하는 선수들도 있고, 구단 측에서 제공하는 전세기를 타고 애리조나로 향하는 선수들도 있었다.

나와 형수는 당연히 구단 측에서 제공하는 전세기를 타고 미리 애리조나로 향하기로 했다.

"트라웃도 전세기를 타고 간다고 했었지?"

형수의 물음에 나는 고개만 끄덕이며 운전에 집중했다.

항상 걷거나 뛰어갔던 다저 스타디움일 정도로 가까운 거리였지만, 짐이 많다는 이유로 차를 끌고 가다 보니 나도 모르게 온몸이 긴장되고 있었다.

"역시 좋은 차는 다르다! 흐흐흐!"

초보 운전자의 긴장감 따윈 신경도 쓰지 않는지 형수는 보조석에 앉아서 연신 차가 좋다고 떠들어댔다.

다저 스타디움 선수 전용 주차장에 차를 무사히 세우며 나는 크게 숨을 토해냈다.

"휴우~!"

"너무 아까워. 그냥 지금이라도 애리조나까지 차를 끌고 갈까?"

"내려!"

"좋은 차를 가지고 있으면 좀 굴려야 할 것 아냐! 애리조 나까지 별로 안 멀어! 그냥 차 끌고 가자? 응?"

형수의 말을 깨끗하게 무시하며 차에서 내렸다.

투덜거리며 차에서 내린 형수는 트렁크에서 짐을 꺼내 들었다.

나 역시 짐을 꺼내 구단 직원에게 미리 들었던 집합 장소로 향했다.

집합 시간보다 10분 일찍 도착했음에도 불구하고 꽤 많은 사람들이 모여 있었다.

"저기 트라웃이다! 트라웃!"

형수는 누구보다 트라웃을 먼저 발견하고는 목청껏 외치며 손을 흔들었다.

다저 스타디움에서 몇 번 함께 훈련을 했기에 트라웃도

반갑게 손을 흔들며 나와 형수를 맞이했다.

그런 트라웃의 주변에는 몇 명의 선수가 모여 있었는데, 그들 모두 호기심에 가득 찬 눈으로 나를 바라보고 있었다.

트라웃과 간단하게 인사를 하고 곁에 서자 주변 선수들이 하나둘 인사를 해왔다.

"웨스 스테인이다. 네가 그 소문의 코리아 쇼크지? 반갑다. 트라웃에게 이야기는 들었어. 훈련을 그렇게 열심히 한다면서?"

"데이빗 도일. 앞으로 잘해보자."

"내 이름은 빌 맥카티라고 해. 잘 부탁해."

정신없을 정도로 자신의 이름을 말하며 인사를 해왔다.

솔직하게 지금 이 자리에서 인사를 나눈다고 해서 기억할 수 있을 것 같지 않았다.

주전 멤버라 할 수 있는 웨스 스테인, 데이빗 도일, 빌 맥카티의 경우 기억하지 않아도 알고 있었다.

하지만 그 외의 선수들까지 기억하기란 쉽지 않은 일이었다.

다행이라면 그들 역시 내가 자신들을 한 번에 기억해 줄 거라고는 기대하지 않는 듯싶었다.

집합 시간이 다가올수록 선수들의 많이 모여들었다.

이번 스프링캠프에는 선수들만 대략 100여 명 정도가 참

여한다고 하니, 그 외의 코칭 스텝과 구단 직원들까지 모두 모이면 상당한 인원이 될 것 같았다.

집합 시간이 지나고, 구단 직원들이 선수들을 일일이 체크하더니 이윽고 모두 모였다며 전세기가 대기하고 있는 공항으로 움직일 것을 지시했다.

형수는 어느덧 트라웃 곁에 바짝 붙어서 다른 선수들과 이야기를 나누느라 정신이 없었다.

내가 바닥에 내려놨던 큼지막한 롱백을 어깨에 걸칠 때였다.

툭!

묵직한 뭔가가 기분이 나쁠 정도로 내 몸을 치고 지나갔다.

뭔가 싶어서 고개를 들어 확인해 보니 큰 키의 백인 선수가 기분 나쁜 표정으로 날 내려다보고 있었다.

"왜 거기서 걸리적거리게 서 있는 거야?"

날 향한 시선, 신경질적인 말투와 표정, 모든 것이 고의성이 짙게 느껴졌다.

딱 봐도 나에게 시비를 걸려고 한 행동임이 분명했다.

기억을 되살려 봤지만 딱히 떠오르는 얼굴이 아니었다.

내게 왜 적대감을 갖고 있는지도 몰랐다.

주변에서는 어느덧 내 쪽을 흥미롭게 바라보고 있었다.

그냥 아무도 없는 곳에서 벌어진 일이라면 무시를 했겠지만, 주변 시선 때문에라도 그럴 수가 없게 되어버렸다.

날 향해 말을 하는 그의 모습에 천천히 허리를 펴며 말했다.

"가방이나 잘 들고 다녀. 가만히 있는 사람에게 피해주지 말고."

내 말에 녀석의 얼굴이 와락 일그러졌다.

"뭐라고? 이 냄새나는 동양인이!"

하, 이제는 대놓고 인종 차별인가?

시대가 아무리 바뀌어도 변하지 않는 게 있다.

바로 인종 차별, 민족 차별이다.

그리고 그런 놈들에게 난 절대 쉽게 보이고 싶은 마음이 눈곱만큼도 없었다.

녀석의 눈을 똑바로 바라보며 간단하게 대꾸했다.

"Fuck you."

"What the fuck! yellow monke······!"

"일을 크게 만들고 싶은 모양이지? 어떤 상황이건 공개적으로 인종 차별적인 말을 하면 그 즉시 선수 징계 위원회에 올라간다고 알고 있는데? 내가 잘못 알고 있는 건가? 그리고 한 번은 참지만 두 번은 안 참아. 징계 위원회에 출석하고 싶지 않으면 닥치는 게 좋을거야."

눈앞에서 녹음이 되고 있는 핸드폰을 가볍게 흔들자 급히 입을 다물고 날 죽일 듯 노려봤다.

어디든 인종 차별에 대한 징계는 무척이나 엄격했다.

특히 스포츠계에 있어서는 그 수위가 더 높았다.

아무리 약소한 징계를 받는다 하더라도 적지 않은 벌금과 더불어 경기 출장 정지를 받는다.

프로 스포츠 선수에게 가장 심한 징계는 그 어떤 것도 아닌 경기 출장 정지다.

녀석도 그걸 알기 때문에 나만 들을 수 있도록 목소리를 낮춰 모욕적인 말을 했던 거다.

다시 말하면 바보는 아니라는 소리다.

하지만 한 번은 봐줄 수 있지만, 두 번은 봐줄 마음이 없다.

여기서 일을 크게 만들길 원한다면 나 역시 얼마든지 뜻대로 해줄 수 있다.

물론, 그렇게 된다면 수위 높은 징계를 받는 건 당연히 녀석이다.

어떤 경우든 인종 차별은 최우선적으로 처벌을 받으니까.

"앨런! 무슨 일이야?"

이름이 앨런인가?

나를 죽일 듯 노려보는 녀석의 곁으로 갈색 머리카락에 2m에 가까운 큰 키를 가진 호리호리한 체격의 선수가 다가왔다.

별다른 특징 없게 생긴 선수였는데, 그가 바로 현재 LA 다저스의 에이스 필 맥카프리였다.

필 맥카프리가 다가오자 원군을 얻었다는 듯 기세등등하게 앨런이 말했다.

"이 빌어먹을 자식이 시비를 걸고 있잖아!"

앨런의 말에 필 맥카프리가 사실이냐는 듯 날 빤히 바라봤다.

아래로 깔아보는 눈빛에서 대충 상황이 이해갔다.

앨런이라는 놈이 작정하고 나에게 시비를 걸도록 지시하거나, 그렇게 하도록 부추긴 사람이 필 맥카프리일 것 같았다.

"말은 똑바로 하지? 시비를 먼저 걸었던 건 내가 아니라 너야."

"뭐라고!"

흥분한 듯 앨런이 다짜고짜 내 멱살을 잡아챘다.

"지혁아! 야 이 새끼야! 그 손 안 놔!"

형수가 누구보다 먼저 달려왔고, 그런 그보다 내가 먼저 앨런의 손목을 잡고 비틀었다.

"으윽!"

"어딜 손을 대? 손모가지 부러지고 싶어?"

있는 힘껏 손목을 비틀어 버리자 급기야 앨런의 입에서 비명이 터져 나왔다.

"아아아악!"

나보다 키가 큰 미국인이 엉거주춤 허리를 굽히고는 비명을 지르는 모습이 꽤 우습게 보였다.

달려오던 형수는 혹시라도 무슨 일이 벌어질까 싶어 눈을 부라리며 주변을 돌아봤고, 몇몇 선수들이 재빨리 달려오며 앨런의 이름을 불렀다.

"이적생 신분인데, 선수들과 인사도 하기 전부터 폭력 사건인가?"

필 맥카프리가 피식 웃으며 날 바라봤다.

"틀렸어. 이건 정당방위라고 하지. 그쪽도 분명히 봤잖아? 이쪽이 먼저 날 죽이려고 목을 조르던 걸?"

당당한 내 말에 필 맥카프리가 기가 막히다는 듯 헛웃음을 터트렸다.

"목을 조르긴 누가 목을 졸랐다는 거야? 앨런은 그냥 먹살만 잡았을……."

말을 하던 필 맥카프리가 눈을 찌푸렸다.

확실하게 증언을 해줬다.

앨런이 내 멱살을 잡는 걸 못 봤던 선수들에게 분명히 증언을 한 셈이다.

물론, 못 본 선수는 없었다.

그럼에도 난 확실하게 주머니 속에 넣어 둔 핸드폰 음성 녹음을 통해 필 맥카프리의 육성으로 물증까지 확보했다.

그러는 동안에도 앨런은 욕과 함께 비명을 내지르며 고통스러워했다.

"그 정도 했으면 됐으니까 그만둬."

트라웃이 다가와 내게 그렇게 말했다.

더 이상 문제를 크게 확대시키지 말라는 눈빛이었고, 나 역시 이 정도면 충분하다 여겼기에 미련 없이 손을 놔줬다.

비틀거리며 뒤로 물러난 앨런은 'F'로 시작하는 욕을 연신 지껄였다.

저 지저분한 입을 한 대 후려 갈겨야 하나 고민하고 있을 때였다.

"앨런, 너도 그만해! 먼저 부주의하게 가방으로 사람을 쳤으면 사과를 해야 할 것 아냐!"

트라웃의 말에 앨런은 인상을 찌푸리더니 필 맥카프리를 바라봤다.

도움을 요청하는 앨런을 필 맥카프리는 가볍게 무시해 버렸다.

더 이상은 자신과 아무런 상관이 없다는 듯한 태도에 앨런이 살짝 당황한 모습을 보이더니 이윽고 몸을 돌려 선수 전용 버스로 향했다.

"필 맥카프리다. 반갑다."

필 맥카프리가 손을 내밀었다.

가만히 그가 내민 손을 바라보다 이내 손을 맞잡았다.

"차지혁. 잘 부탁해."

꿍꿍이가 무엇이든 간에 내가 먼저 성급하게 행동할 필요는 없었다.

손을 맞잡은 필 맥카프리의 눈동자가 가느다랗게 일그러지며 웃었다.

마치 그 웃음이 뱀의 눈과 같았다.

소름이 돋기보다는 기분이 나빴다.

"올 시즌 모두가 널 새로운 다저스의 에이스라며 거는 기대가 크더군. 부디 모두의 바람대로 좋은 활약 부탁한다."

그렇게 말하고 몸을 돌리는 필 맥카프리의 곁으로 4명의 선수들이 달라붙었다.

"나는 또 투명인간 취급이네. 젠장!"

형수의 투덜거림을 뒤로 하고 트라웃을 바라봤다.

"고마워요, 트라웃."

"내게 고마워할 건 없지. 설마 이 정도의 시비에 마음이

상한 건 아니겠지?"

"물론이죠."

"하하하. 어딜 가든 이적 선수는 처음에는 배척받을 수밖에 없어. 이것도 다 가까워지는 과정이라고 생각해."

내 어깨를 툭툭 치고 지나가는 트라웃이었다.

메이저리그의 선수들은 한국 프로 선수들과는 분명히 다르다.

막대한 돈을 받는 만큼 자존심이 무척이나 강했다.

그렇다 보니 주변 시선, 말에도 상당히 민감하게 반응한다.

그런데 자신의 자리까지 위협한다고 해봐라.

굉장한 적대감을 가질 수밖에 없다.

당연하다.

자신의 자존심을 짓밟은 것도 모자라서 밥그릇까지 뺏으려고 하는데 그걸 가만히 두고 볼 사람이 어디 있겠는가?

무엇보다 스타급 선수들은 한국과 다르게 감독이나 코치들마저 아래로 깔본다.

그게 메이저리거다.

세상에서 가장 잘난 맛에 사는 인간들이고, 거기에 걸맞는 실력을 가지고 있으니 이해해야 하는 문제였다.

"어디 다친 곳은 없지?"

형수의 물음에 빙긋 웃어주고는 함께 선수 전용 버스를 탔다.

전세기를 타고 애리조나에 도착했다.

버스를 타도 상관없을 정도로 가까운 거리였다.

그럼에도 불구하고 구단에서 전세기를 내어준 것을 보면 메이저리그의 선수들이 얼마나 대우를 받으며 야구를 하는지 다시 한 번 느낄 수 있었다.

스프링캠프가 끝나기 전까지 생활하게 될 숙소 역시 최고급 호텔이었다.

룸메이트도 마음 맞는 선수들끼리 지낼 수 있도록 배정해 주었기에 나는 당연히 형수와 함께 생활을 했다.

"작년에도 애리조나였는데, 올해도 애리조나로 왔네."

LA 다저스와 밀워키 브루어스는 같은 캑터스 리그(Cactus league)에 속해 있었다.

메이저리그의 스프링캠프는 각각 애리조나와 플로리다에 차려지는데, 이때 각 지역의 특산물을 대표해서 애리조나는 선인장인 캑터스 리그, 플로리다는 노란 자몽인 그레이프프루트 리그(Grapefruit league)라고 불렀다.

"가자! 애리조나가 어떤 곳인지 구경시켜 줄게!"

싫다고 하려다가 이내 짐 가방을 풀어 간편한 운동복 차림으로 옷을 갈아입었다.

"왜 옷을 갈아입어?"

"너도 갈아입어."

"왜?"

"오후 훈련은 러닝으로 대체하려고."

"뭐?"

"애리조나 구경도 하고, 운동도 하고. 일석이조잖아. 싫어? 그럼 훈련장으로 갈까?"

"독한 놈!"

형수는 구시렁거리면서도 운동복을 찾아 입었다.

어차피 애리조나를 구경할 거라면 간단하게 러닝을 하면서 구경을 해도 될 것 같았다.

형수와 함께 호텔을 나와 그 앞에서 간단하게 스트레칭을 하고 천천히 뛰기 시작했다.

형수의 안내를 받으며 시내를 뛰어 다녔다.

그중 몇몇 사람이 나를 알아보고는 손을 흔들며 인사를 해오기도 했다.

몇몇 아이들은 사인을 해달라고 달려오기도 했지만, 부모들이 미안하다며 재빨리 아이들을 데리고 가버려서 번거로운 일에 휘말리지는 않았다.

"미국은 이게 참 좋아. 사생활을 존중해 주거든. 한국이었으면 넌 지금쯤 사람들 속에 파묻혀서 꼼짝도 못 했을 거다."

대략 3시간 정도 구경 겸 러닝을 하고 호텔로 돌아왔다.

호텔로 돌아오니 구단 직원이 앞으로 스프링캠프의 정확한 스케줄을 통보해 왔다.

"작년이랑 좀 다르네."

스케줄을 확인한 형수가 그렇게 말했다.

"달라?"

"작년까지만 해도 대부분의 메이저리그 구단은 10일 정도 팀 훈련을 하고 곧바로 시범 경기에 들어갔었거든. 그런데 이번에는 팀 훈련 시간이 15일로 늘어났잖아. 그리고 그만큼 시범 경기 일정도 줄어들었고. 의외네. 어쨌든 난 먼저 씻는다."

이틀 후부터 시작되는 스프링캠프 일정은 15일 동안 팀 훈련을 받고, 하루 휴식 후 곧바로 시범 경기 일정을 소화한다.

첫 상대는 신시내티 레즈(Cincinnati Reds)였고, 굿이어 볼파크(Goodyear Ballpark)에서 원정 경기가 잡혀 있었다.

"신시내티에서 경계해야 할 선수가 누구였더라……."

프론트 직원에게 부탁해서 받은 각 구단 선수 데이터 자료를 살펴보기 위해 노트북을 켰다.

메이저리그 타자들은 분명 한국 타자들과는 다르다.

미안한 말이지만, 수준 차이가 아주 컸다.

타자들의 분석 자료를 보지 않을 수가 없다.

물론 마운드 위에서 가장 믿는 건 오로지 내가 던지는 공이다.

전력 분석실의 자료는 참고 사항일 뿐이다.

아주 유용한 참고 자료.

그거면 충분하다.

Chapter 4

스프링캠프가 시작됐다.

LA 다저스의 훈련 전용 구장은 캐멀백 랜치(Camelback Raunch)의 구장 중 5개를 사용하고 있었다.

57만m²에 달하는 엄청나게 넓은 부지에 2020년 5개의 야구장을 증설해서 총 16개의 야구장이 지어져 있는데, 그중 시범 경기에 사용되는 메인 스타디움을 제외한 나머지 15개의 야구장을 각각 5개씩 시카고 화이트삭스(Chicago White Sox)와 나눠서 사용하고 있었다.

각각 야구장에는 내야, 외야, 투수, 타격, 합동 훈련조로 나누어져서 야구장을 사용했다.

나는 당연히 투수들이 훈련하는 3구장으로 향했고, 형수는 타격 훈련을 하는 4구장으로 향했다.

구장에 들어서자 나보다 먼저 가볍게 도착해서 끼리끼리 어울려 대화를 하는 선수들이 보였다. 그리고 그중에 다저 스타디움에서 개망신을 당했던 앨런과 필 맥카프리가 눈에 들어왔다.

보이더 앨런.

작년 후반기에 트리플A에서 메이저리그로 콜업되어 올라온 투수다.

보직은 불펜 투수인데, 롱릴리프로 꽤 인상적인 활약을 해서 올 시즌 선발 로테이션의 한 자리를 노리고 있었다.

나이는 23살이고, 특이 사항으로는 필 맥카프리와 꽤 친하게 지내고 있었다.

형수의 표현에 의하면 필 맥카프리의 하인 같은 놈이라고 했다.

앨런은 나와 눈이 마주치자 노골적으로 적대감 가득한 시선으로 노려봤다.

반면 필 맥카프리는 나를 향해 손을 슬쩍 흔들며 인사를 건네 왔다.

"쇼크(Shock)! 오늘 드디어 네 투구를 직접 볼 수 있겠는데?"

선수들은 어느 순간부터 이름보다는 쇼크라고 날 부르고 있었다.

딱히 좋은 느낌은 아니었지만, 그렇다고 이름으로 불러 달라고 하기도 귀찮아서 마음대로 부르라는 식으로 내버려 뒀다.

"흥! 2억 5천만 달러? 정말 기대가 되는군!"

앨런이 대놓고 비아냥거렸다.

난 깨끗하게 개무시해 버렸다.

형수 말대로 필 맥카프리의 하인을 상대로 대응을 한다는 것 자체가 의미 없다 여겼다.

앨런 외에도 주변 투수들 대부분이 날 호의적으로 바라보지 않고 있었다.

다저스 클럽 하우스 내에는 3개의 파벌이 존재했는데, 파벌들의 중심은 필 맥카프리, 마이크 트라웃, 코리 시거였다.

필 맥카프리를 중심으로 뭉친 파벌들은 대다수 투수조로 실질적인 다저스 투수진의 수장이라 부를 만했다.

호의적이지 않은 이들과 어울리고 싶지 않았기에 간단하게 러닝으로 몸이라도 풀어놓을 겸 천천히 그라운드를 뛰기 시작했다.

훈련장에 투수가 하나둘 들어설 때마다 대부분의 선수들

이 필 맥카프리의 주변으로 모여들었다.

그 모습에 괜히 쓴웃음이 나왔다.

필 맥카프리를 중심으로 한 파벌이 깨지지 않은 이상은 투수조 내에서 내 위치가 참 애매할 것 같았다.

모든 투수가 필 맥카프리의 파벌은 아니었다.

일부 몇 명의 선수들은 각자 홀로 떨어져서 몸을 풀며 필 맥카프리의 파벌이 아니라는 걸 몸으로 보여주고 있었다.

"헤이~!"

내 곁으로 한 선수가 다가왔다.

180㎝나 겨우 될까 싶을 정도로 작은 키의 흑인 선수였다.

눈은 왕방울만 했고, 코는 뭉툭했다.

두피에 딱 달라붙을 정도로 짧은 곱슬머리까지 전체적인 외모는 썩 호감이 가질 않았다.

단 하나, 시원스럽게 좌우로 벌어지는 입꼬리만큼은 꽤 매력적이었다.

"코리아 쇼크~! 붐!"

양손에서 폭탄이 터지는 모습을 과장스럽게 표현하며 익살스럽게 웃는 모습이 천진난만하게 보이는 내 눈이 이상한 걸까?

"난 빅터 페르난도! 도미니카 출신이고, 이번이 3번째 다저스 스프링캠프 참석이야."

손가락 3개를 쫙 펴고 말을 하는 빅터 페르난도였다.

"나는⋯⋯."

내 소개를 하려고 할 때였다.

빅터 페르난도의 눈이 튀어나올 정도로 커지더니 경악성에 가까운 외침을 토해냈다.

"맙소사! 저게 누구야! 내가 지금 누굴 보고 있는 거야!"

훈련장 입구를 통해 들어서고 있는 한 사람, 그의 모습을 보는 순간 모든 선수들이 깜짝 놀란 얼굴로 저마다 소리를 질러댔다.

'왔군!'

나 역시 그의 모습을 보며 두근거리는 심장을 가까스로 잠재워야만 했다.

주변 선수들의 시선에도 아랑곳하지 않고 주변을 살피더니 이윽고 나와 눈이 마주치자 거침없이 발걸음을 옮겼다.

전혀 예상하지 못했던 인물의 등장에 모두가 얼떨떨해하는 사이, 필 맥카프리가 황급히 뒤를 쫓아 움직였다.

자연스럽게 나머지 투수들도 어미 오리를 쫓는 새끼 오리처럼 뒤를 따르기 시작했다.

"뭐, 뭐야? 이, 이쪽으로 오잖아?"

빅터 페르난도가 호들갑스럽게 말을 쏟아냈다.

나는 천천히 호흡을 가다듬고는 그와의 첫 인사를 어떻게 해야 하나 고민했다.

'안녕하세요? 안녕하십니까? 처음 뵙겠습니다? 뭐라고 하지?'

내가 고민하는 사이 어느새 내 앞에 도착한 그가 나를 가만히 내려다봤다.

살짝 구부정한 자세임에도 불구하고 그의 시선은 191㎝인 나보다 훨씬 높았다.

"한국에서의 활약은 잘 봤네. 정말 멋지더군."

활짝 웃으며 내게 악수를 건네는 그의 큼지막한 손을 바라보며 이내 웃으며 손을 내밀었다.

"메이저리그의 전설이라 불리는 분을 만나게 되어 영광입니다."

내 말에 그가 환하게 웃었다.

208㎝의 큰 키로 인해 빅 유닛(Big Unit)이라고 불린 메이저리그의 전설, 랜디 존슨(Randy Johnson)이 바로 맥브라이드 단장이 나를 위해 특별히 초청한 투수 코치였다.

은퇴 이후, 야구계를 완전히 떠났다고 알려진 랜디 존슨은 현재 꽤 유명한 사진작가로 활동하고 있었다.

"정말 많은 메이저리그 구단에서 투수 코치로 영입하려고 했지만, 일절 관심이 없다면서 야구계를 완전히 떠났다고 합니다. 그런데 맥브라이드 단장의 제안에 흔쾌히 오케이 했는데, 그 이유가 바로 차지혁 선수 때문이라고 합니다."

"저 때문이라니요?"

"랜디 존슨이 차지혁 선수를 굉장히 높게 평가하고 있다고 합니다. 더불어 자신의 뒤를 이을 최고의 좌완 파이어볼러가 될 거라고 확신한다고 했답니다. 맥브라이드 단장이 랜디 존슨을 찾아가 다른 것 다 필요 없으니 슬라이더 하나만 제대로 가르쳐 달라면서 부탁을 했고, 그 조건을 그대로 수용했다고 하더군요."

내게 남은 마지막 퍼즐 조각, 슬라이더(slider).

메이저리그 최고의 슬라이더를 던졌던 좌완 투수가 바로 랜디 존슨이다.

나 역시 어렸을 때부터 랜디 존슨의 투구 영상을 상당히 많이 보며 동경해 왔다.

무엇보다 랜디 존슨이 대단한 건 직구와 슬라이더만으로 모든 타자들을 잠재웠던 완벽한 투피치 스타일의 투수라는 사실이다.

말 그대로 직구 아니면 슬라이더 딱 두 가지의 구종만으로 최고 372개의 삼진을 잡았다는 건, 타자 입장에서 이보다 더 심한 굴욕도 없는 셈이다.

알고도 못 친다.

랜디 존슨의 전성기 시절의 공은 괴물이라 불리는 메이저리그 타자들조차 건들 수가 없는 위력을 갖고 있었다.

그런 랜디 존슨에게 슬라이드를 배운다?

최고의 영광이다.

"들어서 알겠지만, 난 이번 스프링캠프 기간 동안 자네에게 슬라이더 하나만 가르칠 거야."

"알고 있습니다. 잘 부탁드리겠습니다."

모자를 벗어 정중하게 고개를 숙였다.

이런 나와 랜디 존슨의 대화를 듣고 있던 다른 투수들의 표정이 미묘하게 일그러졌다.

질투와 부러움으로 정리를 할 수 있었다.

이런 상황을 받아들일 수 없는 이도 있었다.

"그게 무슨 말이죠? 지금 말대로라면 우리는 랜디 존슨 당신께 아무것도 배울 수가 없다는 말인가요?"

필 맥카프리가 살짝 흥분한 얼굴로 랜디 존슨을 향해 도전적으로 물었다.

랜디 존슨은 필 맥카프리의 얼굴을 바라보며 단호하게 고개를 끄덕였다.

"내가 다저스 구단의 요청을 받아들인 건 여기 있는 차지혁뿐이다."

"말도 안 돼! 이따위 말 같지도 않은 스프링캠프라니!"

필 맥카프리의 얼굴이 벌겋게 달아올랐다.

이해하지 못할 일도 아니다.

누가 봐도 차별을 두는 행동이었으니까.

선수들의 표정이 모두 불쾌함으로 물들어가자 랜디 존슨이 다시 말을 꺼냈다.

"착각들 하고 있는 것 같은데, 다저스 구단의 요청을 받아들인 건 온전히 내 뜻이다. 다시 말해 내가 차지혁에게 관심이 있어서 그에게 슬라이더를 가르치겠다고 이번 스프링캠프에 온 거다. 더 확실하게 말해서 난 차지혁의 개인 전담 코치 자격으로 다저스 구단과 단기 계약을 했을 뿐이다. 구단의 뜻이 아닌 바로 내 뜻으로."

구단의 뜻이 아닌, 자신의 뜻이라는 랜디 존슨의 말에 구단에 대한 반감을 가졌던 선수들이 작게 한숨을 내쉬며 고개를 흔들었다.

다른 누구도 아닌 랜디 존슨이 스스로 관심을 둔 선수에게 코칭을 하겠다는 걸 구단에 불만을 삼을 순 없었다.

메이저리그 선수들 중 여유가 있거나, 단기적으로 기술적 보완을 이유로 개인 전담 코치를 두는 일은 흔해 빠진 일이었으니까.

당장에라도 단장 사무실을 찾아갈 것 같았던 필 맥카프리도 랜디 존슨의 말에 헛바람만 토해냈다.

"저… 혹시 가르치는 걸 지켜만 보는 건 괜찮을까요?"

빅터 페르난도가 조심스럽게 랜디 존슨을 향해 그렇게 물었다.

나에게 슬라이더를 가르치는 걸 옆에서만 지켜보겠다는 의미였다.

랜디 존슨은 그런 것까지는 막지 않겠다는 듯 흔쾌히 고개를 끄덕였다.

허락이 떨어지자 몇몇 선수도 눈을 반짝였다.

시간이 되자 투수 코치들이 도착했고, 첫날부터 지각하며 훈련장에 모습을 드러낸 선수들도 있었다.

그렇게 시작된 첫날의 훈련은 아주 기본적인 신체 훈련을 시작으로 몸 풀기까지 이어졌다.

쇄애액!

퍼억!

"와우! 볼 끝이 정말 좋은데!"

나와 파트너가 되어서 캐치볼을 하게 된 빅터 페르난도가 엄지손가락을 치켜세웠다.

볼이 좋기로 따지면 빅터 페르난도 역시도 결코 나쁘지 않았다.

캐치볼만으로도 어느 정도 파악할 수 있는 부분들은 꽤 준수한 편이었다.

역시 메이저리그 스프링캠프에 참여할 만한 실력이라고 할까?

랜디 존슨은 훈련을 시작하면서부터 가만히 내 곁에 서 있기만 했다.

내가 몸을 푸는 모습을 볼 때에도 가만히 지켜만 봤고, 캐치볼을 할 때에도 말 한마디 하지 않았다.

그 모습이 약간은 신경이 쓰였지만, 캐치볼을 하면서 서서히 몸이 달궈지고 땀이 나기 시작하니 공을 던지는 동작에만 온 정신을 집중했다.

어깨 예열이 끝나자 포수 장비를 착용한 선수들이 훈련장으로 들어섰다.

"마이너리그 포수들이야."

곁에 서 있던 빅터 페르난도가 친절하게 설명을 해줬다.

본격적으로 피칭 훈련을 시작하기에 앞서서 코치들이 몇 명의 선수들을 호명했다.

가장 먼저 호명을 받은 건 필 맥카프리였고, 그 외에 작년 시즌 다저스의 선발로 활약했던 투수들과 마지막으로 내가 이름을 불렀다.

올 시즌 다저스 선발 라인업에 가장 유력한 투수들로, 현

상태를 파악하기 위한 일종의 테스트였다.

가장 먼저 마운드에 오른 건 당연히 작년 시즌 에이스로 활약했고, 올 시즌도 에이스로 활약할 거라는 믿음을 가지고 있는 필 맥카프리였다.

우완 쓰리쿼터 투수로 포심 패스트볼과 투심 패스트볼, 12—to—6 커브, 슬라이더, 체인지업, 스플리터까지 꽤 많은 구종을 잘 던지는 투수였다. 특히, 오버핸드 스로 투수가 던지는 구종이라 알려진 12—to—6 커브를 필 맥카프리는 커쇼에게 직접 배워가면서까지 던질 수 있게 됐는데, 그 위력이 상당했다.

퍼엉!

"나이스!"

포수 미트에서 깨끗한 포구음이 울려 퍼졌다.

모든 구종의 구속도 괜찮았고, 포수가 원하는 곳으로 정확하게 꽂히는 제구력도 뛰어났다.

변화구의 움직임도 상당히 좋았다.

확실히 연봉 3천만 달러를 받는 에이스 투수의 투구다웠다.

마운드에 서 있는 필 맥카프리는 이번 시즌에도 다저스의 에이스 자리는 자신의 것이라는 듯 오만하게 서 있었다.

방금 보여준 구속과 구위만 놓고 본다면 확실히 오만할

만했다.

아무리 냉정하게 평가를 해도 필 맥카프리는 굉장히 좋은 투수였고, 어딜 가더라도 에이스 자리를 차지하거나 넘볼 만했다.

다른 투수들도 하나둘 공을 던졌다.

메이저리그 선발 투수 자리를 거저먹은 게 아니라는 듯 하나같이 위력적인 구위와 구속을 뽐냈다.

한국 프로 투수들과는 확실히 수준 차이가 컸다.

괜히 메이저리그를 세계 최고의 프로 리그라 부르는 게 아니다.

마지막으로 마운드에 오른 건 나였다.

모두의 시선이 나에게 집중됐다.

미국 땅에 와서 처음으로 타인이 보는 앞에서 피칭을 하는 거다.

긴장감이나 부담감?

그딴 건 없다.

그냥 마운드 위에 서니 절로 심장이 두근거렸다.

기분 좋은 두근거림이다.

역시 나는 마운드 위에 설 때가 가장 행복하고 즐겁다는 걸 다시 한 번 느낄 수 있었다.

하루라도 빨리 시즌이 시작되어서 정식 경기에 등판하고

싶다는 생각밖에 안 들었다.

　루키 리그와 싱글A 리그가 벌어지는 구장임에도 마운드 상태가 좋았다.

　굉장히 신경 써서 관리를 했다는 느낌이 들었다.

　한가운데 포심 패스트볼.

　포수 마스크를 쓰고 있는 마이너리그 포수의 첫 번째 요구 사인에 가볍게 심호흡을 하고 공을 던졌다.

　쇄애애액!

　퍼어엉!

　깔끔하게 포수 미트에 박혀 들어갔다.

　손가락 끝에 걸리는 실밥의 감촉도 나쁘지 않았다.

　매일같이 공을 손에 쥐고 다녔던 결과다.

　투수는 워낙 민감해서 아주 작은 변화에도 흔들린다.

　한국 프로 리그의 공인구와 메이저리그 공인구는 상당히 다르다.

　이 변화를 적응하지 못하고 실패하는 투수들도 생각보다 많다.

　두 번째는 몸 쪽 포심 패스트볼, 세 번째는 바깥쪽을 걸치는 컷 패스트볼, 파워 커브, 서클체인지업까지 포수가 원하는 코스에 꼬박꼬박 공이 꽂혔다.

　예열된 어깨로 인해 공의 구속도 점점 올라갔고, 무브먼트 역시도 좋았다.

"와우! 정말 대단한데!"

빅터 페르난도가 멀리서 외치는 소리가 들렸다.

몇몇 선수들이 눈을 찌푸리기는 했지만, 그들 역시 반박을 하지 않았다.

뭐라고 하기가 힘들 정도로 좋은 공을 던져 대니 할 말이 없을 수밖에.

마운드에 서서 필 맥카프리를 바라보니 그의 표정이 썩 좋지는 않았다.

이전 투수들이 던졌을 때까지만 하더라도 입가에 걸려 있던 미소와 여유가 사라져 있었다.

마운드를 내려오려고 하자 랜디 존슨이 내게로 다가왔다.

"슬라이더는 던져 봤나?"

"던져 보지 않았습니다."

"가르쳐 주지."

"지금 여기서 말입니까?"

"물론이지."

지금까지 이런 식으로 새로운 구종을 던져 본 적이 없었다.

공을 던지기 전까지 그립이 손에 익을 때까지 쥐고 다녔고, 자세를 하나하나 체크하며 만들었다.

때문에 내가 가진 가장 큰 장점이 버릇이 없다는 점이다.

즉, 같은 투구 동작에서 포심 패스트볼, 파워 커브, 컷 패스트볼, 서클 체인지업까지 모두 동일하게 나왔다.

그만큼 오랜 시간 공들여 노력을 했기 때문이다.

"손을 줘봐."

랜디 존슨은 내 손을 보고는 가만히 공을 올려놓더니 고개를 끄덕이며 그립을 쥐어줬다.

투구 동작에 대해서 차분하게 설명을 시작했다.

내가 지금까지 슬라이더를 배우지 않은 이유는 팔꿈치에 무리가 많이 가는 구종이기 때문이다.

한 번 팔꿈치에 문제가 생기면 그걸로 투수 생명은 끝이다.

절대 회복할 수가 없는 부분이다.

그렇기에 최대한 조심을 해야만 한다.

"던져 봐."

마운드 뒤로 물러나며 랜디 존슨이 포수를 가리켰다.

'이런 식으로 슬라이더를 배우게 될 줄이야.'

솔직히 마음에 들지는 않았다.

투수의 몸은 스스로 지킬 줄 알아야 한다.

정말 어이없게도 다른 투수의 투구폼을 장난삼아 따라하다 치명적인 부상을 입고 선수 생활을 접은 투수도 있다.

황당한 일이지만, 그만큼 투구 동작은 함부로 할 수 없는 일이다.

다짜고짜 말 몇 마디하고 슬라이더를 던지라니…….

마운드에 서서 가만히 투구를 기다리는 포수를 바라보다 고개를 저었다.

몸을 돌려 랜디 존슨을 바라보며 말했다.

"못 던지겠습니다. 아니, 던지지 않겠습니다."

내 말에 랜디 존슨이 피식 웃었다.

"겁이 많군."

"예. 그만큼 제 몸은 소중합니다."

마운드에서 내려오자 랜디 존슨이 내 어깨를 툭툭 쳤다.

"마음에 드는군. 투수는 몸을 소중히 여길 줄 알아야 해. 롱런의 첫 번째 비결이지."

"절 시험하신 겁니까?"

"평가라고 해두지."

그 말을 끝으로 랜디 존슨은 오후에 보자며 훈련장을 나갔다.

오후에 다시 나타난 랜디 존슨은 내게 USB메모리를 내밀었다.

"스프링캠프 기간은 생각보다 짧지. 제대로 슬라이더를 배우기엔 부족한 시간이야. 아쉽지만 나도 2월 말부터는 개인 일정이 빡빡해서 시간을 더 낼 수가 없어. 스프링캠프 기간 동안 최대한 많은 부분을 가르치겠지만, 부족한 점이 있을 수밖에 없으니 나머지는 여기 담겨 있는 자료를 활용해서 스스로 터득해."

아쉽지만 어쩔 수 없는 건가?

체계적으로 차근차근 슬라이더를 배우고 싶었지만, 랜디 존슨의 개인 스케줄이 따로 있다고 하니 매달릴 수도 없었다.

어설픈 자료를 줬을 리가 없었기에 랜디 존슨이 건네주는 USB메모리를 가방에 잘 넣어뒀다.

"이제 시작해 볼까?"

메이저리그를 호령했던 랜디 존슨의 슬라이더를 배우기 시작했다.

*   *   *

팀 훈련 기간 동안 투수조는 피칭 훈련과 수비 훈련을 상당히 강도 높게 했다.

하루하루가 지옥 훈련이라 할 정도로 새로운 감독인 블라디미르 게레로 감독은 스타 선수라 하더라도 절대 봐주지 않았다.

매년 막대한 연봉을 지출하는 LA 다저스에서 올 시즌 제대로 된 성적을 내기 위해 확실하게 게레로 감독을 밀어주기로 한 이상 스타급 선수들이라 하더라도 대놓고 불만을 드러내기가 쉽지 않았다.

"손목 각도가 먼저 빠지는군."

랜디 존슨의 지적에 고개를 흔들었다.

슬라이더는 확실히 다른 구종들에 비해 동일한 투구폼으로 공을 던지는 게 쉽지 않았다.

몇 번을 연습해도 마찬가지였다.

손목의 각도가 미묘하게 비틀리며 '지금 슬라이더를 던진다'라는 걸 상대방에게 알려주는 투구폼이 반복됐다.

"후우~"

이마에 흐르는 땀을 닦으며 잠시 휴식을 취하자 랜디 존슨이 조용히 말했다.

"슬라이더의 투구폼을 바꾸는 건 쉽지 않겠군. 그렇다고 대놓고 슬라이더를 던지면 그걸 못 칠 타자들도 없을 테고."

맞는 말이다.

메이저리그의 타자들이다.

투수가 어떤 구종을 던질지 뻔히 알고 있는데 못 친다?

한두 번은 있을 수 있어도 그 이상은 힘들다.

구속과 구위로 타자를 짓누르는 것 역시도 한계가 있다.

"모든 투구폼이 너무 깨끗해. 그 점이 오히려 슬라이더를 던지는 걸 방해하고 있어. 지금 상태로는……."

냉정하지만 맞는 말이다.

방법이 없을까?

혹시나 싶어 랜디 존슨의 뒷말을 조용히 기다렸다.

"슬라이더는 포기해."

"……"

사망선고다.

슬라이더를 던질 수 없다는 사망선고가 랜디 존슨의 입에서 냉정하게 나왔다.

*　　　*　　　*

"무슨 생각을 그렇게 하는 거야? 설마, 내일 선발이 아니라서 기분이라도 나쁜 거야?"

샤워를 끝낸 형수가 머리를 털며 다가왔다.

2027년 메이저리그 첫 번째 시범 경기가 내일 열린다.

상대 팀은 신시내티 레즈.

2026년 내셔널리그 중부지구에서 세인트루이스에 이어 2위를 기록했던 팀이다.

전체적으로 투수력과 타선이 골고루 조화를 이루고 있지

만, 어느 한쪽도 리그 정상급이라 부를 정도로 압도적인 면은 없었다.

반대로 특별히 약하다거나 부족함이 느껴지는 팀도 아니라는 평가가 지배적이다.

"내가 기분 나쁠 게 뭐 있어? 당연히 몇 년 동안 꾸준히 에이스 역할을 한 필 맥카프리가 선발로 경기에 나서는 건데. 시범 경기가 아니라 개인적인 문제 때문에 그래."

개인적인 문제라는 말에 형수가 내 앞에 엉덩이를 깔고 앉았다.

"뭔데? 형님한테 털어놔 봐. 흐흐흐."

장난스럽게 웃고 있지만, 눈은 진지했다.

먼 미국 땅까지 홀로 온 나에게 조금이라도 도움이 되고 싶어 한다는 마음이 충분히 느껴졌다.

몇 번을 망설이다가 이내 고개를 저었다.

다른 문제라면 모를까, 현재 고민하고 있는 부분은 전적으로 투수인 내 문제였다.

"괜찮아. 내가 해결해야 할 문제야."

"그러니까 말해봐. 혹시 알아? 내가 의외로 쉽게 해결책을 제시할지."

그럴 수도 있을까?

진지하게 고민을 들어줄 준비를 하는 형수의 모습에 살

짝 미소를 지었다.

형수의 말대로 해결책을 제시할 수도 있고, 그렇지 않다
하더라도 누군가와 마음을 터놓고 이야기를 나눌 수 있다
는 것 자체가 행복한 일이라 여겼다.

"슬라이더 때문에 그래."

"왜? 저번에 보니까 제법 괜찮던데?"

형수가 고개를 갸웃거렸다.

이틀 전, 슬라이더를 던져 봐도 괜찮겠다 싶어서 형수에
게 부탁을 했고, 그날 저녁 슬라이더를 받아줬다.

결과적으로 난생 처음으로 던져 봤던 슬라이더는 만족스
러웠다.

무리해서 구속을 끌어올리지 않았지만, 익숙해지면 충분
히 고속 슬라이더라 불릴 구속과 제법 날카롭게 꺾였던 각
도 역시 포수인 형수가 칭찬할 정도로 훌륭했다.

"슬라이더 자체는 괜찮았지. 그런데 던질 수가 없어."

"던질 수가 없다니? 무슨 소리야? 혹시, 어디 아픈 거야?
통증이라도 있어?"

형수의 얼굴이 걱정스럽게 변했다.

"그런 게 아니라, 버릇이 생기거든."

"버릇? 아! 투구폼이 드러난다는 거야?"

"그래."

그제야 알겠다는 듯 형수가 고개를 끄덕였다.

"하긴, 네 최대 장점이 동일한 투구폼에서 각기 다른 구종의 공을 던진다는 건데… 투구폼이 변한다면 메이저리그의 타자들이 대놓고 노릴 수밖에 없겠네. 투수의 약점을 절대 내버려 두지 않으니까."

비단 메이저리그 타자들에만 국한된 문제가 아니다.

프로 야구 타자라면 누구에게나 통하는 일이다.

결과적으로 슬라이더를 던진다는 것 자체에 투수인 내가 부담을 느낄 수밖에 없어진다.

"랜디 존슨은 뭐라고 그래?"

"간단해. 포기하라더군."

"뭐?"

형수가 멍한 눈으로 날 바라봤다.

"슬라이더를 제외하더라도 이미 좋은 구종을 몇 가지나 가지고 있는 내가 굳이 약점으로 지적받을 슬라이더를 던질 필요가 없다고 하더라."

"딱히 틀린 말은 아니네."

형수의 말에 쓴 웃음이 나왔다.

나 역시 현재 내가 가진 구종으로 2~3년, 더 길게 봐서 5년까지는 메이저리그에서 크게 걱정할 필요가 없다 생각했다.

완벽하게 손에 익은 서클 체인지업이 완성되면서 갖게

된 자신감이다.

하지만 과연 세계 최고의 천재들만 모여 든 메이저리그에서 같은 패턴으로 6년, 7년, 더욱 길게 봐서 10년 그 이후까지도 자신할 수 있을까?

어려운 일이다.

아니, 불가능한 일이다.

그 어떤 투수도 변화된 모습을 보이지 않고 10년을 버티진 못했다.

무엇보다 같은 패턴으로 메이저리그 마운드를 지키려면 꾸준히 전력 피칭을 해야만 하는데, 소모품인 투수의 신체를 생각했을 때 굉장히 어리석은 짓이다.

그렇기에 모든 투수들은 나이가 들거나, 슬럼프에 빠지거나, 성적이 하락할 때마다 새로운 구종을 익히기 위해 온갖 노력을 들인다.

패스트볼과 슬라이더만으로 메이저리그 마운드를 지배했던 랜디 존슨도 말년에는 구속 하락과 구위가 떨어지자 스플리터를 익혔다.

새로운 구종에 대한 세상 모든 투수들의 집착은 선수 생명 연장의 꿈인 것이다.

슬라이더를 포기하라는 랜디 존슨의 냉혹한 평가는 내 투수 생명을 단축시키는 사형 선고나 다름없었다.

"그래서? 랜디 존슨은 그렇게 포기하라고만 한 거야?"

"3가지 방법을 제시했어."

뜸들이지 말고 빨리 얘기하라는 듯 형수가 눈으로 재촉했다.

"첫 번째 방법은 슬라이더처럼 투구폼에 변형을 주지 않는 새로운 구종을 익히는 것. 현실적으로 가장 현명한 방법이고, 위험부담도 적은 방법이라더군. 나 역시 같은 생각이고."

"맞는 말이네. 슬라이더 외에도 던질 수 있는 구종은 충분히 널려 있으니까. 차라리 랜디 존슨에게 스플리터를 배우면 딱이겠네."

"그렇지 않아도 원한다면 스플리터를 가르쳐 주겠다고 하더라고."

"어째 말을 하는 게 별로인 모양이다?"

"지금 내게 필요한 변화구는 종변화구가 아니라 횡변화구니까."

파워 커브, 체인지업 모두 위에서 아래로 떨어지는 종변화구다.

이미 충분히 훌륭한 수준의 종변화구를 갖추고 있는 상황에서 스플리터를 배운다?

배워서 나쁠 건 없지만, 지금으로서는 딱히 필요성이 없었다.

"그렇긴 하겠네. 그럼 두 번째 방법은?"

"투구폼에 변형을 준다 하더라도 슬라이더를 고집하되, 알고도 못 칠 정도의 구위를 완성하라고 하더군."

"하긴, 냉정하게 따져서 랜디 존슨의 슬라이더가 기술적으로 대단한 건 아니었지. 오로지 구위로 타자를 윽박질렀던 슬라이더였으니까."

형수의 말대로다.

랜디 존슨이 패스트볼과 슬라이더만으로 메이저리그에서 최정상의 투수로 활약을 했던 건 다른 투수들이 넘보지 못했던 위력적인 구위를 갖고 있었기 때문이다.

솔직하게 말해서 슬라이더를 던지는 기술적인 능력으로만 본다면 2010년대 후반, 메이저리그를 정복했던 LA 다저스의 영웅 클레이튼 커쇼에 비할 바가 아니었다.

실제로도 2010년대 후반에 클레이튼 커쇼의 슬라이더는 언터처블이었다.

완벽한 제구와 날카롭게 꺾이는 예리한 각도는 말 그대로 타자들에게 재앙이었다.

나 역시 맥브라이드 단장이 처음에 날 위해 특별 투수 코치를 초청했다는 말에 가장 먼저 떠올린 투수가 클레이튼 커쇼였다.

"나쁘지 않은 방법 아니야? 까놓고 말해서 지혁이 너도 구위로 타자 찍어 누르는 스타일이잖아?"

딱히 틀린 소리가 아니라 반박할 수 없었다.

빼어난 제구력도 분명 갖추고 있었지만, 사람들에 눈에 나는 분명 강력한 파이어볼러였으니까.

어쩌면 이런 내 스타일의 정점을 찍어주고자 맥브라이드 단장이 클레이튼 커쇼가 아닌 랜디 존슨을 초청한 것일지도 모른다.

"투구폼에 변형이 오면 장기적으로 전체적인 투구 밸런스가 무너져. 슬라이더를 포기하더라도 투구폼에 변형을 줄 생각은 조금도 없어."

"하긴, 투구 밸런스가 변하면 좋을 건 없지."

포수다 보니 투수들의 마음을 누구보다 잘 이해하는 형수였다.

"마지막 방법은?"

"이게 고민이야."

"왜? 뭔데? 랜디 존슨이 어떤 방법을 제시했는데?"

"슬라이더가 아닌 변형 패스트볼을 직접 개발하라고 하더라고."

"뭐?"

형수가 깜짝 놀란 얼굴로 두 눈을 동그랗게 떴다.

새로운 구종을 만들어라.

랜디 존슨이 내게 말한 세 번째 방법, 그리고 현재 내가 고민하고 있는 방법이다.

*　　　*　　　*

파앙!

"스트라이크! 타자 아웃!"

주심의 외침에 마운드에 서 있던 필 맥카프리가 주먹을 불끈 쥐었다.

5타자 연속 삼진.

신시내티 레즈와의 2027년 첫 번째 시범 경기에서 필 맥카프리는 압도적인 투구 내용을 보이고 있었다.

"시범 경기에서 벌써 포심 패스트볼 구속이 94마일까지 나오네. 오버 페이스 아냐?"

시즌 최대 구속이 96마일인 필 맥카프리였으니 확실히 시범 경기에서 94마일까지 구속을 끌어올린 건 누가 봐도 오버 페이스였다.

"꾸준히 훈련을 하고 있나 보지."

훈련만 꾸준하게 이뤄진다면 오버 페이스는 아니다.

나 역시 당장 마운드에 올라가서 가장 빠른 공을 던지라고 하면 96마일까지는 던질 자신이 있었다.

날씨가 따뜻해지면서 투수의 어깨가 풀리는 건 맞지만, 더 중요한 건 날씨가 따뜻해지는 시간 동안 투수는 지속적으로 공을 던진다는 사실이다.

즉, 지금은 겨울 동안 한참을 쉬었기 때문에 구속이 나오지 않는다는 것이다.

역으로 설명하면, 꾸준하게 훈련을 한 투수는 굳이 구속이 떨어질 이유가 없다는 소리다.

"커브 진짜 죽여준다."

인정할 수밖에 없는 필 맥카프리의 12-to-6 커브였다.

하늘이 내려준 재능이라고 할 정도로 메이저리그 역대급 12-to-6 커브를 구사했던 클레이튼 커쇼에게 그대로 전수를 받은 필 맥카프리의 커브는 역시 굉장히 훌륭했다.

메이저리그 현역 투수들 가운데 최고의 커브볼을 던진다는 전문가들의 평가가 그냥 나온 말이 아니다.

현 메이저리그 최고의 커브에다가 투심 패스트볼, 슬라이더, 체인지업, 스플리터까지 던질 수 있는 구종을 적절하게 섞어가며 투구를 하는 필 맥카프리의 피칭 스타일은 굉장히 똑똑했다.

구속과 구위도 뛰어난데 타자들과의 수 싸움에서도 확실하게 우위를 점하고 있으니 왜 다저스 구단에서 연평균 3천

만 달러가 넘어가는 막대한 돈을 연봉으로 주는지 알 것 같
았다.

딱!

내야를 벗어나지 못한 뜬공이 3루수 글러브에 잡히면서
신시내티 레즈의 공격이 끝나고 말았다.

3이닝 동안 단 한 명의 타자도 출루시키지 않은 필 맥카
프리는 상당히 만족스러운 표정으로 마운드를 내려오고 있
었다.

"휘유~ 9타자 상대로 6탈삼진이라니."

형수가 작게 휘파람을 불며 대단하다는 듯 필 맥카프리
를 바라봤다.

"진짜 인간은 별론데 야구는 끝내주게 한다. 그렇지?"

대답대신 피식 웃고는 수비를 마치고 더그아웃으로 들어
오는 선수들을 향해 손을 내밀었다.

짝.

필 맥카프리는 내가 내민 손에 마주 손바닥을 마주치며
한쪽 입꼬리만 올리며 웃었다.

눈에 뻔히 보이는 웃음의 의미였지만, 나는 어떠한 대응
도 하지 않고 다른 선수들과 하이파이브를 나눴다.

어차피 시범 경기일 뿐이다.

시범 경기에서 퍼펙트를 기록한다 하더라도 아무런 의미

가 없다.

중요한 건 시즌 경기에서의 내용이다.

필 맥카프리는 이미 정상에 서 있는 투수고, 나는 이제 그 정상으로 오르려는 투수다.

어느 쪽이 더 긴장을 하고 있을까?

굳이 내가 일일이 대응을 하지 않아도 필 맥카프리는 이미 나라는 존재를 굉장히 신경 쓰고 있다.

오늘 시범 경기에서 보여준 투구 내용도 같은 맥락이다.

자신이 다저스의 에이스라는 사실을 내게 어필하는 거다.

"역시 마음에 안 드는 인간이야."

형수도 필 맥카프리의 거만했던 미소를 봤는지 내 옆으로 다가와 작게 속삭였다.

"너도 내일 확실하게 보여줘라."

내일, 두 번째 시범 경기가 있다.

선발 투수는 나였고, 게레로 감독은 형수에게도 선발 출전을 준비하도록 지시했다.

나를 위한 배려인지 형수의 실력을 확인하고자 함인지 알 수 없지만, 그렇게 나와 형수의 한국인 배터리가 시범 경기라 하더라도 미국 메이저리그에서 첫선을 보일 예정이었다.

＊　　　＊　　　＊

"뭐야? 벌써 일어난 거야?"

가볍게 조깅을 하고 호텔로 돌아오니 그제야 형수가 꿈틀거리며 눈을 떴다.

"하여간 대단하다. 하루도 빼놓지 않고 그렇게 열심히 뛰는 놈은 이 세상에 너밖에 없을 거다."

몸을 일으키며 형수가 제 얼굴을 손바닥으로 자극하며 잠을 쫓아냈다.

샤워를 하고 나오니 형수가 스트레칭으로 몸을 풀고 있었다.

"오늘 컨디션은 어때? 코리아 쇼크가 어떤 건지 확실하게 알려줄 준비가 됐어?"

"나쁘지 않아."

"네 입에서 나쁘지 않다는 말은 좋다는 의미니까 오늘 기대해도 좋겠네. 3이닝 예정이지? 깔끔하게 9타자만 상대하고 끝내라. 흐흐흐!"

"아침 먹으러 가자."

내 말에 형수가 스트레칭을 하다 말고 몸을 일으켰다.

"가자! 오늘은 든든하게 불고기로 시작하자!"

"점심은?"

"오후에 경기가 있으니까 당연히 힘을 쓰려면 한우를 먹어야지!"

삼시세끼 항상 고기가 있어야 밥을 먹는 형수였다.

호텔 식당에서는 거의 모든 나라의 요리를 맛볼 수 있었다.

나와 형수는 거의 대부분의 식사를 한식으로 먹고 있었는데, 그 맛이 제법 괜찮았기에 음식이 입에 맞질 않는다는 말은 단 한 번도 한 적이 없었다.

간단하게 된장찌개를 먹은 나와 다르게 거창하게 불고기로 밥 두 공기를 먹어치운 형수는 아주 만족스럽게 웃으며 식당을 나왔다.

"지혁아, 저기!"

식당을 나와 호텔 로비를 걷던 중 형수가 눈을 동그랗게 뜨고는 누군가를 가리켰다.

180㎝가 조금 넘는 키에 날렵한 몸을 가진 동양인이었다.

살짝 찢어진 눈매와 좁은 턱, 작은 입은 꽤나 신경질적으로 보였다.

직접 본 적은 없지만, TV를 통해서 꽤 자주 본 남자다.

"사토시 준."

2025년 신인 드래프트 톱3의 한 자리를 차지한 역대급 천재 타자.

일본 역사상 최고의 재능을 가졌고, 아직까지 깨지지 않은 메이저리그 한 시즌 최다 안타(262개)의 기록 보유자인 스즈키 이치로조차 자신의 기록을 깰 유일한 선수라며 극찬을 아끼지 않은 타자가 바로 사토시 준이다.

"저 자식, 오늘 시범 경기에 나올 거다. 작년 트리플A에서 4할 5푼이 넘는 타율에다 146개의 도루를 성공해서 콜로라도에서 거는 기대가 엄청나다고 하더라고. 하긴, 성적이 뭐 괴물이니."

트리플A에서 4할 5푼의 타율이라면 당장 메이저리그에 올려도 충분히 만족스러운 성적을 낼 수 있다. 그럼에도 콜로라도에서 사토시 준을 올리지 않았다는 건 그만큼 확실하게 키우겠다는 뜻이다.

"그리고 보니까 올 시즌에는 너도 그렇고, 2025년 신인 드래프트 톱3랑 빅4가 전부다 신인왕 경쟁을 하겠네. 완전 괴물 신인들 잔치겠구나."

2027년 메이저리그는 형수의 말대로 괴물 신인들의 경쟁으로 뜨거울 것이라는 전망이 있다.

몇 명은 이미 작년 시즌 메이저리그를 미리 경험하긴 했지만, 신인왕 후보에 오를 정도의 경기 수를 소화하진 않았다.

대부분의 시간을 마이너리그에서 담금질을 하고 올 시즌부터 본격적으로 메이저리그에서의 활약을 예고하고 있었다.

역대급 타자 3명과 미래의 에이스라 불릴 4명의 투수, 거기에 아시아 넘버원 투수라고 불렸던 니노마에 류지까지.

메이저리그 역사상 가장 치열한 신인왕 경쟁이라는 소리
가 괜한 소리가 아니었다.

오죽했으면 올 시즌 MVP나 사이영상보다 신인왕을 누가
타느냐가 더 큰 관심을 받을 정도였다.

"지혁아, 지지 마라. 저런 괴물들보다 네가 더 대단한 괴
물이라는 걸 똑똑히 보여줘."

"괴물은 무슨······."

나 역시 질 생각은 조금도 없다.

개인 타이틀에 대한 집착은 없지만, 확실히 이번 메이저
리그 신인왕 타이틀에 대한 욕심은 솔직히 있었다.

평생 단 한 번밖에 탈 수 없는 유일한 상이 바로 신인왕
이다.

더욱이 올 시즌 신인왕은 메이저리그 역사상 최고로 치
열할 거라고 했으니 더욱더 놓치고 싶지 않았다.

Chapter 5

시범 경기였지만 글렌데일 캐멀백 랜치 구장을 찾아온 야구팬들은 굉장히 많았다.

관중석의 빈자리가 거의 보이지 않을 정도로 많은 팬들이 모여 들었다.

모든 관중석이 유료였고, 포수 뒤쪽 가장 좋은 자리의 경우 좌석 값이 60달러가 넘었음에도 표가 없어서 못 팔았다고 할 정도로 오늘 시범 경기는 많은 이들에게 큰 관심을 주고 있었다.

관심이 얼마나 높은지 미국 전역으로 생중계까지 된다고

했다.

"시범 경기부터 스포트라이트를 빵빵하게 받는 기분이 어때?"

형수가 장난스럽게 말했다.

"사토시 준에게도 가서 물어봐."

오늘 시범 경기는 LA 다저스대 콜로라도 로키스였지만, 실질적인 메인 테마는 나와 사토시 준이었다.

메이저리그 역사상 가장 큰 돈을 받고 이적을 한 투수와 1년 동안의 마이너리그에서 완벽하게 담금질을 끝낸 역대급 재능의 일본인 타자 사토시 준의 대결은 며칠 전부터 수많은 언론에서 기사화된 상태였다.

덕분에 오늘 야구장은 정식 시즌 경기라고 느껴질 정도로 그 열기가 뜨거웠다.

"라인업 봤지?"

"봤어."

예상대로 사토시 준이 콜로라도 로키스의 리드오프, 1번 타자에 배치가 되었다.

게레로 감독은 오늘 시범 경기에서 나에게 무조건 3회까지 맡기겠다고 했다.

점수를 몇 점을 주든, 어떤 상황이 벌어지든, 부상으로 투구를 할 수 없는 경우만 제외하곤 3회를 책임져야 한다고 했다.

"가자."

형수가 포수 장비를 단단하게 착용하고 나를 바라봤다.

홈구장이었기에 1회 초 수비를 하기 위해 글러브를 집어들었다.

"시범 경기다. 복잡하게 이것저것 생각하지 말고 편안하게 가자."

내 부담을 덜어주기 위함인지 형수가 마운드까지 함께 걸어가며 계속해서 말을 했다.

"고맙다. 너도 확실하게 네 가치를 보여. 시즌 동안 너 외의 포수에게 공 던지는 일이 없도록 해줘."

"당연하지! 내가 이 날을 얼마나 기다렸는데! 흐흐흐!"

익살스럽게 웃는 형수였지만, 표정과 눈빛은 굳어 있었다.

어쩌면 지금 이 자리에서 가장 긴장하고 있는 건 형수 자신일지도 몰랐다.

더욱이 작년 짧게나마 메이저리그가 어떤 곳인지를 경험한 형수였고, 그 성적이 결코 만족스럽지 못했기에 거기에 따른 부담감과 압박감이 더 클 수밖에 없었다.

2억 5천만 달러라는 계약을 맺은 나.

LA 다저스 특급 유망주였던 마리아 파헬슨과 트레이드가 된 형수.

부담감으로 따지면 어느 쪽도 모자라지 않았다.

"후우우우."

공기부터 다르다.

호의적인 시선으로 날 응원하던 한국 야구팬들 앞에서 투구를 하던 것과 날선 비난과 비판을 언제든 토해낼 준비를 하고 날 바라보는 미국 야구팬들 앞에서 투구하는 건 확실히 달랐다.

한국 마운드에서 따뜻한 훈풍을 느꼈다면, 미국 마운드에서는 차가운 칼바람이 몰아쳐 오는 것만 같았다.

"아자! 아자! 차지혁! 파이팅!"

형수가 마스크를 내리기 전 우렁차게 외쳤다.

나를 향한 응원이면서 자신을 향한 응원이기도 했다.

좋다.

저런 든든한 녀석과 함께 호흡을 맞출 수 있다는 사실 하나만으로도 싸늘하게 느껴졌던 마운드 위의 공기가 한결 부드러워졌다.

매끈한 감촉이 더 큰 메이저리그 공인구를 글러브 안에서 두어 번 굴리고는 첫 번째 연습투구를 시작했다.

쇄애애액.

퍼—엉!

"좋아! 좋아! 바로 이거야! 오늘 볼 끝이 완전 살아 있다!"

형수는 시끄럽게 떠들었다.

몇몇 관중이 재밌다는 듯 웃었다.

참 수다스러운 포수라고 생각할지도 모르겠지만, 내 입장에서는 어쨌든 좋았다.

몇 번의 연습 투구를 통해 확실하게 어깨가 예열이 되자, 적절한 타이밍에 심판이 경기 시작을 외쳤다.

타자 박스로 아침에 호텔 로비에서 봤던 사토시 준이 들어왔다.

배트를 짧게 쥐고 스탠스를 넓게 잡고 서 있다.

오른발은 타자 박스 가장 뒤쪽이자 안쪽 선을 정확하게 밟고 있었으며, 왼발은 살짝 바깥쪽으로 벌어졌고 특이하게도 양쪽 팔꿈치가 딱 달라붙어 있었다.

상체가 약간 웅크려져 있어 스트라이크 존이 굉장히 넓게 느껴졌지만, 사토시 준의 모습 자체가 굉장히 날카롭게 날이 선 칼처럼 보여 섣부르게 공을 던져서는 안 된다는 기분이 들었다.

"사토시 준은 초구에 배트를 거의 휘두르지 않아. 그러니까 초구는 무조건 한가운데로 던져."

경기가 시작되기 전, 마무리 훈련을 마치고 휴식을 하는 동안 형수가 했던 말이다.

나 역시 사토시 준이 초구부터 배트를 휘두를 정도로 성격이 급하거나, 공격적인 타자가 아니라는 걸 알고 있었기에 사인대로 한가운데에 초구를 넣어 줄 생각이었다.

사인이 나왔다.

한가운데 포심 패스트볼.

천천히 와인드업을 하고 곧바로 초구를 던졌다.

손가락 끝에서 밀려 나가는 감촉이 괜찮다, 구속을 끌어올리지는 않았지만 이 정도면 충분히 91~92마일은 나올 것 같다.

미국 마운드에 서서 던지는 첫 번째 공 치고는 나쁘지 않았다.

내가 던진 공이 손끝에서 뿜어져 나가기가 무섭게 포수마스크 뒤에 가려진 형수의 눈동자가 급격하게 커졌다.

따—악!

초구에 배트가… 나왔다.

91~92마일의 한가운데 포심 패스트볼.

더 이상 말할 것도 없다.

아주 맑고 경쾌한 소리와 함께 타구는 빛의 속도로 외야를 향해 뻗어 나갔다.

오늘 경기 선발로 중견수를 맡고 있는 마이크 트라웃은 두 발자국 정도 움직이다 멈춰서더니 등을 돌려 머리 위를 올려다봤다.

"하……."

담장을 훌쩍 넘겨 버린 타구를 바라보는 내 입에서 허탈한 탄성이 흘러나왔다.

초구 홈런이라니 이런 경우가 있었던가?

빠르게 베이스를 도는 사토시 준의 표정은 덤덤했다.

그 표정이 더 내 심장을 따끔거리게 만들었다.

차라리 날 향해 우월감을 표시하거나, 비릿한 웃음, 거만한 웃음을 지었다면 완전히 수 싸움에서 졌다고 느꼈겠지만, 사토시 준은 아무런 감정도 없었다.

애초부터 나라는 존재자체를 신경 쓰지 않았다는 의미로밖에 보이질 않았다.

"타임!"

2번 타자가 타석에 들어서기 전, 형수가 마운드로 올라왔다.

"신경 쓰지 마. 운이 나빴다고 생각해."

"운이 나쁜 게 아니야."

"뭐?"

"사토시 준이 마이너리그에서 타율이 얼마라고 했었지?"

내 물음에 형수가 곧바로 4할 5푼이라고 대답했다.

이제야 알 것 같다.

트리플A가 마이너리그라 하더라도 타율이 4할 5푼이라는 건 경이적인 기록이다.

더욱이 사토시 준은 고등학교를 졸업하고 곧바로 트리플A에서 뛴 타자다.

갓 고등학교를 졸업한 타자가 메이저리그 입성을 코앞에 둔 트리플A 투수들을 상대로 4할 5푼을 쳤다.

일본 고시엔에서 6할의 타율 밖에 기록하지 못했던 사토시 준이 어떻게 비교할 수 없는 트리플A에서 4할 5푼의 타격을 기록했을까?

여기서부터 의심을 했어야 했다.

"너 마이너리그에서 타율 얼마였어?"

"2할 8푼 3리."

대답을 하는 형수의 표정이 썩 좋지 않다.

같은 리그에서 누군 4할 5푼을 쳤으니 말을 하는 형수의 표정이 썩어 들어가는 것도 충분히 이해가 갔다.

문제는 이런 형수도 한국에서는 타격 재능이 굉장하다고 칭찬을 받았다.

그런데 사토시 준과는 급이 다르다.

"알겠어?"

내 물음에 형수가 눈을 찌푸렸다.

"뭘?"

"이건 운이 아니야. 사토시 준은 처음부터 내 공에 대한 두려움이나 경계 자체가 없었던 거야. 사토시 준은… 본능적으로 타격을 한 거야."

본능적인 타격.

말 그대로 감각적으로 날아오는 공을 파악하고 배트를 휘두르는 타자.

사람들은 그런 타자를 두고 이렇게 말한다.

천재.

사토시 준은 진짜 천재다.

타격 능력 하나는 정말 두말할 필요가 없을 정도로 완벽한 천재인 거다.

투수에게 있어 가장 까다로운 타자, 가장 위험한 타자, 가장 약점이 없는 타자가 바로 감각적으로 타격을 하는 천재다.

문제는 그런 천재적인 재능을 갖고 있는 사토시 준이 작년 동안 어떤 식으로 훈련을 받았는지 모르나, 완벽하게 자신의 재능을 만개시켰다는 사실이다.

장담하건데, 당장 사토시 준이 고시엔 무대에 선다면 8할,

어쩌면 9할에 이르는 타율을 기록할지도 모른다.

"사토시 준 문제는 더그아웃으로 돌아가면 다시 상의하자."

심판의 눈초리가 매섭게 변했다.

타임 시간이 너무 길다는 경고가 나오기 직전이라는 뜻이다.

형수도 곧바로 심판의 눈치를 파악하고는 서둘러 포수 자리로 돌아갔다.

처음부터 홈런이라니.

의외의 한 방이다.

하지만 수확이 크다.

콜로라도 로키스의 2번 타자는 도미닉 리스로 작년에도 주전 좌익수로 활약을 했던 선수다.

작년 시즌 1, 2번을 왔가갔다 할 정도로 발이 빠르고, 선구안이 좋으며, 작전 수행 능력을 갖춘 타자다.

메이저리그 3년 차였고, 한국 나이로는 27살이다.

파워가 부족했기에 투수들의 무덤이라 불리는 콜로라도 로키스의 홈구장인 쿠어스 필드(Coors Field)에서조차 홈런을 5개 이상 쳐본 적이 없을 정도였기에 장타에 대한 부담감이 없었다.

딱!

내야를 살짝 벗어난 타구였지만, 2루수인 웨스 스테인의 글러브를 벗어나지 못하고 잡히고 말았다.

이어서 3번 타자와 4번 타자를 상대로 내야 땅볼을 이끌어내며 이닝을 마칠 수 있었다.

더그아웃으로 들어오자 선수들이 일어서서 하이파이브와 함께 날 맞이했다.

몇몇 선수들은 입가에 비틀린 웃음을 짓고 있었다.

초구부터 홈런을 맞았다는 사실이 꽤 마음에 들었던 모양이다.

특히 필 맥카프리의 표정은 어제 퍼펙트 피칭을 한 이후 날 바라볼 때보다도 더 진한 미소를 짓고 있었다.

"초구를 너무 정직하게 던졌잖아. 다음부터는 조심하라고. 그래도 나머지 타자들을 훌륭하게 상대했으니 다음에도 기대하지."

필 맥카프리의 말에 곁에 앉아 있던 형수가 몸을 움찔거리며 표정을 찌푸렸다.

"됐어. 상대할 필요 없어. 그것보다도 사토시 준을 상대할 때는 최대한 스트라이크 존을 빡빡하게 가지고 가야겠어."

"그러다가 볼넷 나오면 어쩌려고? 사토시 준, 저놈 선구안 장난 아니야. 거기에다 애매한 건 몽땅 커트할 정도로 배트 스피드도 좋아. 섣부르게 스트라이크 존을 가지고 놀았다가는 볼넷으로 보내거나, 실투가 나와서 안타를 맞을 수도 있어."

"알아. 그래도 사토시 준을 상대하려면 다른 타자들보다 타이트하게 투구를 해야 해."

내 말에 형수는 알겠다며 고개를 끄덕였다.

1점 리드를 당하고 있는 상황에서 시작된 1회 말 다저스의 공격은 2명의 타자가 출루에 성공하는 것에만 만족하며 공격이 끝났다.

2회 초, 마운드에 다시 오른 나는 포심 패스트볼로 스트라이크 카운트를 만들고 파워 커브로 삼진이나 범타를 이끌어 내며 이닝을 마쳤다.

사토시 준에게 홈런을 맞은 것이 오히려 콜로라도 로키스의 다른 타자들에게 자신감을 심어준 것인지 전체적으로 스윙이 컸기에 상대를 함에 있어서 큰 어려움은 없었다.

따악!

타석에서 타구를 확인한 형수가 고개를 흔들며 1루로 뛰었다.

전력을 다할 필요가 없는 평범한 중견수 플라이였다.

2회 말 선두 타자로 2루타를 친 주자는 아웃 카운트가 2개나 늘어날 동안 단 한 발자국도 움직이지 못하고 2루 베이스에 묶여 있었다.

2사 2루 상황에서 타석에 선 건 다름 아닌 선발 투수인 나였다.

고등학교 때에도 지명타자를 써가며 타격을 하지 않았던 나였기에 타석에 서니 상당히 어색하고 이질적인 느낌이 들었다.

쇄애애액!

퍼어엉!

한가운데에 꽂히는 초구가 굉장히 빠르다는 생각이 들었다.

'89마일?'

전광판에 찍힌 구속은 89마일.

내가 느낀 체감 속도는 90마일 중반 정도였으니 타격에 대한 자신감이 급격하게 하락했다.

중학교 때까지만 해도 그럭저럭 타격에도 자신이 있었는데 확실히 고등학교 때부터 타격 연습을 아예 그만둬 버렸더니 타격감 자체가 없어진 듯싶다.

움찔!

몸 쪽으로 파고 들어오는 공에 나도 모르게 몸이 움찔거렸다.

볼인가?

"스트라이크! 타자 아웃!"

포수 미트를 바라보니 스트라이크가 맞다.

허무하게 루킹 삼진을 당한 거다.

쓴 입맛을 다시며 시간을 쪼개서라도 타격 연습을 해야 겠다는 다짐을 하곤 형수가 챙겨온 글러브를 받아 들고 마 운드로 올라갔다.

약속된 3회 투구다.

선두 타자는 8번 타자, 그리고 다시 한 번 사토시 준과 대 결이다.

펑!

"아웃!"

유격수의 송구가 자로 잰 것처럼 1루 미트에 꽂혔다.

전력으로 1루를 향해 뛴 타자가 참았던 숨을 토해내며 헬 멧을 벗고 몸을 돌렸다.

깊숙한 코스로 빠질 수도 있었던 타구를 유격수인 크레 이그 바렛이 몸을 날려 잡아내곤 송구까지 깔끔하게 마쳤 다.

절로 박수가 나올 명품 수비였다.

이적료 포함 1억 1천만 달러에 탬파베이 레이스에서 영 입을 한 크레이그 바렛이다.

단 한 번의 수비였지만, 그것으로 충분했다.

어째서 그가 6년 동안 유격수 골드 글러브자리를 놓쳐 본 적이 없는지.

9번 타자는 투수였고, 내가 그랬던 것처럼 똑같이 루킹 삼진으로 돌려 보냈다.

마지막 하나의 아웃 카운트를 남겨두고 그가 다시 타석에 들어섰다.

오늘 경기 유일한 타점이자, 득점을 만들어 낸 사토시 준.

1회 초, 타석에 들어섰을 때와 달라진 점은 하나도 없었다.

유일하게 홈런을 친 타자임에도 담담했고, 차분하게 날 노려보고 있었다.

"후우우우."

가볍게 호흡을 가다듬고 투구를 시작했다.

그리고…….

따악!

8구까지 가는 접전 끝에 우중간을 가르는 안타를 치고 3루까지 달려 버린 사토시 준의 무지막지한 스피드에 나는 고개를 흔들고 말았다.

인정한다.

사토시 준은 진짜 천재다.

나와는 다르다.

놈의 몸엔 천재적인 야구인의 피가 흐르고 있다.

3루 베이스를 밟고 크게 호흡을 뱉어내는 사토시 준을 바라보는데, 지금까지 느껴보지 못했던 묘한 감정이 가슴속에서 꿈틀거렸다.

질투? 아니다.

경쟁심? 그것도 아니다.

이건… 놀랍게도 즐거움이었다.

"재밌네."

홈런을 맞고, 3루타를 맞았는데 입가에 미소가 그려졌다.

더불어 손에 쥔 공을 강하게 움켜쥐었다.

사토시 준은 진짜고, 동급의 진짜들이 아직 2명이나 더 있다.

거기에 기존 괴물 같은 천재들까지 더하면…….

"역시 오길 잘했어."

메이저리그에 온 걸 실감했고, 그 어느 때보다 흥분감이 온몸을 흔들어대고 있었다.

*　　　*　　　*

《코리아 쇼크, 차지혁! 메이저리그 시범 경기서 3이닝 1실점

호루로 합격점!》

기사는 호의적으로 나왔다.
아니, 그럴 만한 경기 내용이었다.
다만, 미국의 언론들은 달랐다.

《차지혁, 시범 경기에서 3이닝 1실점. 2억 5천만 달러는 거
품?》

벌써부터 시끄러웠다.
특히, LA 다저스와는 관계도 없는 뉴욕 언론의 오지랖은
혀를 내두르게 만들었다.
시범 경기의 후폭풍은 예상보다 훨씬 컸다.
콜로라도 로키스와의 시범 경기 이후, 많은 언론으로부
터 엄청나게 많은 기사가 쏟아져 나왔다.
한국과 미국은 물론, 일본 언론사들도 대대적으로 기사
를 쏟아냈다.
특히 일본을 대표하는 야구 선수가 되어버린 사토시 준
과의 비교 기사는 그 수를 셀 수가 없을 정도였다.
일본 언론들은 나를 한국 최고의 투수, 한국 역대 최강의
투수라고 온갖 미사여구를 다 붙여놓고는 결과적으로 사토

시 준에게 완패를 당했다며 일본의 우월성을 자랑하는 기사들이 대부분이었다.

미국 언론에서는 나에 대한 거품 논쟁이 뜨겁게 불붙었고, 특히 뉴욕 언론들은 양키스가 나를 영입하지 않은 것이 이번 겨울 스토브리그에서 가장 잘한 일이라는 식으로 기사를 낼 정도였다.

더불어 벌써부터 메이저리그 사상 최고의 먹튀니, 미국 야구를 경험해 보지도 못한 선수에게 2억 달러 이상의 돈을 쓴 다저스의 프론트가 얼마나 무능한지 등등 온갖 기사들이 얼마나 많이 빠른 속도로 쏟아져 나오는지 3일 동안 그걸 지켜보던 형수가 고개를 저으며 말했다.

"지혁아, 너 이러다 가루 되겠다."

한국 언론 중에서도 일부 언론사와 기자들이 나에 대한 부정적인 기사들을 냈고, 결국은 아버지와 어머니는 물론, 지아까지 전화를 해서는 괜찮냐며 날 다독였다.

자극적인 기사를 작성해서 많은 사람들의 시선을 잡아야 하는 언론사의 행동에는 별 감흥도 없었다.

어차피 오늘 다르고 내일 다르게 기사를 내는 곳이 언론사다.

내일이라도 당장 내가 퍼펙트게임을 한다면 그날 저녁 어떤 식으로 기사가 날까?

거품 논란 따위 거짓말처럼 사라지고, 각 지역 언론들은 나를 영입하지 못한 지역 구단을 비난할 거다.

한국 언론도 마찬가지다.

일본 언론? 어차피 거긴 신경 쓸 필요도 없는 곳이다.

결과적으로 언론사의 기사 하나하나에 신경을 쓸 필요가 전혀 없다는 소리다.

그 점을 알기에 가장 가까이서 함께 생활하는 형수도 날 위로하지 않았다.

솔직히 위로를 한다면 나보다 형수가 더 시급했다.

첫 시범 경기에서 4타수 무안타를 기록했고, 이후 투수인 나와 다르게 2번 더 시범 경기에 출전했지만, 여전히 안타를 때려내지 못했기 때문이다.

덕분에 형수는 더욱더 미친 듯이 타격 연습에 매달리고 있었다.

"너무 조급하게 생각하지 마."

"뭐?"

손바닥에 연고를 바르던 형수가 날 바라봤다.

"타석에 서 있는 널 보고 있으면 가장 먼저 드는 생각이 여유가 너무 없다는 거야. 투수인 입장에서 냉정하게 평가를 해서 너처럼 여유가 없는 타자는 정말 상대하기 편하거든."

"내가 그렇게 여유가 없어 보여?"

형수의 진지한 물음에 나는 내가 느낀 바를 그대로 말해 줬다.

타석에 선 형수가 어떤 얼굴인지, 어떤 자세를 취하고 있는지, 실질적으로 어떤 공에 배트를 휘두르는지 등등 내가 느낀 것들을 하나도 빼놓지 않고 이야기해 줬다.

내 이야기를 다 듣고 난 형수가 깊게 한숨을 내뱉었다.

"투수들한테 완전 호구네. 그런데 어쩌냐? 타석에 서면, 아니, 대기 타석에만 들어가도 머릿속에 안타를 쳐야 된다는 강박관념이 박혀 있는 것처럼 마음이 조급해지는 걸 어쩌겠어. 나도 요즘 돌아버리겠다."

내 그림자에 가려서 그렇지, 형수 역시 언론으로부터 꽤 많은 비판을 받고 있었다.

특히 다저스 언론을 비롯해 팬들이 어느 정도 방패막이가 되어주고 있는 나와 다르게 형수는 정반대였다.

LA 다저스 팜 시스템을 통해 육성한 특급 유망주를 내주면서까지 데리고 온 형수였으니 거기에 대한 실망이 더 클 수밖에 없었다.

"이러다 진짜 마이너리그에서 다시 시작하는 거 아닌지 모르겠다."

힘없는 형수의 말에 녀석의 넓은 등짝을 힘껏 후려쳤다.

짜—악!

"아아악! 뭐야!"

"고작 3경기다. 마음 무겁게 먹지 말고 편하게 먹어. 타석에서 네가 좋아하는 공만 쳐. 이것저것 건드리지 말고 정말 제대로 칠 수 있는 공만 노리란 말이야. 어설프게 공 건드려서 아웃되지 말고 그냥 원하는 공이 올 때까지 루킹 삼진을 당하더라도 확실하게 노려 쳐. 그렇게 자신 없는 소리하지 말고."

"지혁아."

"너, 나한테 뭐라고 그랬어? 꼴랑 3이닝 던진 걸로 더럽게 시끄럽게 군다고 했지? 너도 마찬가지야. 3경기, 그것도 한 경기는 경기 후반에 교체돼서 타석에도 한 번밖에 못 섰잖아? 뭘 그렇게 조급해하고, 자신 없는 얼굴을 하고 있는 거야? 메이저리그 투수라고 겁먹은 거야? 상대가 메이저리그 투수면 너도 마찬가지로 메이저리그 타자잖아? 못 칠 이유라도 있어?"

내 말에 형수가 두 주먹을 쥐었다.

자신 없는 눈빛이 서서히 살아났다.

고작 말 몇 마디로 자신감이 확 살아나길 기대할 순 없지만, 최소한 이대로 무기력하게 시범 경기를 마치고 마이너리그로 떨어질 가능성은 대폭 줄어들었다.

형수는 충분히 메이저리그에서도 통한다.

파워, 타격 능력 모두 부족하지 않다.

포수로서의 능력도 마찬가지다.

메이저리그 배테랑 포수만큼 믿고 맡길 정도로 투수 리드가 뛰어난 건 아니지만, 그건 시간이 차차 해결해 줄 일이다.

재능 하나만 놓고 본다면 형수는 충분했다.

거기에 올겨울 누구보다 열심히 훈련을 한 형수다.

지금도 시범 경기가 끝나면 하루 천 개 이상씩 특타를 자처하고 있었다.

이렇게 열심히 하는데도 통하지 않는다?

말도 안 되는 소리다.

해외 신인 드래프트에서 4라운드에 지명을 받는 건 절대 쉽지 않은 일이다.

무엇보다 형수가 마이너리그로 가면 안 되는 결정적인 이유는 바로 나 때문이다.

내가 마음 편안하게 공을 던지기 위해서라도 형수가 남아 있어야만 한다.

마이너리그로 떨어지면 나 역시 마음이 불편해질 수밖에 없다.

그러니 나를 위해서라도 형수는 반드시 메이저리그에 남

아야 한다.

"너한테 이런 소리를 다 듣고 세상 오래 살고 볼 일이다. 호호호!"

얼굴이 한결 풀어진 형수가 익살스럽게 웃었다.

"멍청하게 아무 공에나 배트 휘두르지 말라고 하는 소리야."

"알았다! 다음부터 내가 멍청하게 배트를 휘두르면 더그 아웃에서 엉덩이를 냅다 걷어차 버려!"

"얼마든지."

내 대답에 형수가 히죽거리며 웃다가 물었다.

"참, 넌 어떻게 됐어?"

"뭐가?"

"비밀무기!"

슬라이더는 깨끗하게 포기했다.

대신 랜디 존슨과 함께 신구종을 연습 중이었다.

새롭게 연습 중인 신구종을 형수는 비밀무기라고 부르고 있었다.

"이제 시작 단계니까 아직 멀었지."

"변형 패스트볼이라고 했지?"

"응."

"연습 투구는 언제 해볼 거야? 언제든지 말만 해. 난 언

제든 받을 준비가 되어 있으니까!'

형수의 눈동자가 반짝거렸다.

새로운 구종을 받을 수 있다는 건 그만큼 다저스 구단에 포수로서 어필할 수 있는 장점이 되기도 한다.

너클볼처럼 말도 안 되는 구종이라면 모를까, 어느 정도의 변화구는 모든 포수들이 받을 수 있지만, 형수는 우선순위라는 걸 들먹이며 반드시 자신에게 먼저 던져야 한다고 신신당부를 하고 있었다.

"아직 멀었다니까. 지금은 투구 방법만 가다듬고 있어서 한참은 기다려야 해."

"어쨌든 다른 누구도 아닌 나한테 가장 먼저 던져야 해. 알겠지?"

"마이너리그로 떨어지지 않으면 그럴게."

"네 바짓가랑이라도 붙들고 메이저리그에 남는다."

말은 저렇게 해도 형수의 자존심도 꽤 강하다는 걸 잘 알고 있는 나였다.

"그런데 랜디 존슨은 뭐라고 안 했어?"

"뭘?"

"저번 시범 경기에서 네 투구에 대해서 뭐라고 조언을 해주지 않았냐고."

"아아."

"뭐라고 했구나? 뭐래?"

"왜 장점을 버리고 투구를 하냐고 하더라."

"장점?"

형수가 고개를 갸웃거렸다.

그런 형수의 모습을 바라보다 침대에 누웠다.

"야! 하던 말은 계속 해야지! 장점이 뭔데?"

"포수인 네가 몰라서 되겠어? 스스로 생각해 봐. 투수로서 내 장점이 뭔지."

"지혁이 네 장점이라면……."

내 장점을 떠올리는 형수를 뒤로하고 눈을 감았다.

"어째서 사토시 준을 상대로 어렵게 승부를 했지?"

"어떤 상황에서도 타자를 상대로 어렵게 승부를 한 적 없습니다."

"그렇다면 어째서 네가 가진 장점을 버리고 승부를 했지?"

"장점이요?"

"네 최대 장점이 무엇인지 모른다는 소리야? 넌 나와 같은 타입의 투수다. 사토시 준은 장타력이 별 볼 일 없더군. 그 말을 역으로 뒤집으면 사토시 준에게 있어서 넌 가장 공포스러운 투수라는 소리다. 그런데 이해가 가지 않을 정도로 사토시 준에게 소극적으로 투구를 하더군. 아니, 전체적으로 3이닝 내내 피칭

스타일이 한국에서 보였던 것과는 다르더군. 왜 그랬지? 메이저
리그 타자들을 상대로 겁이라도 먹은 건가?"

겁을 먹어? 소극적으로 투구를 했다고?

인정할 수 없었다.

절대로 난 사토시 준을 상대로 겁을 먹지도, 소극적으로
투구를 하지도 않았다.

그런데 랜디 존슨은 나에게 소극적으로 투구를 했다고
했다.

첫 번째 홈런을 맞았던 건 전력을 다하지 않았기 때문이
다.

초구에 배트를 휘두르지 않는 타자? 공을 많이 보는 타
자?

웃기는 말이다.

타석에 선 타자는 자신이 칠 수 있는 최고의 공이 오면
초구라 하더라도 과감하게 배트를 휘두른다.

이 점을 잊었다.

두 번째로 첫 번째와 같은 맥락이지만, 나답지 않게 데이
터에 의존했다는 것 또한 내 실수다.

결과적으로 사토시 준과의 첫 번째 대결에서는 대놓고
쳐달라는 공을 던진 거다.

두 번째 대결에서는 스트라이크 존을 빡빡하게 가져가며 승부를 벌였다.

사토시 준은 쳤을 때 범타가 나올 까다로운 공은 커트를 했고, 자신 있는 공에 배트를 휘둘러 3루타를 만들어냈다.

결과적으로 두 번째 대결에서도 나답지 않게 사토시 준에게 유리한 승부를 벌인 셈이다.

왜 그랬을까?

톱3라는 일본 역대급 타자라는 사토시 준을 상대로 어설프게 데이터 야구를 했다가 한 방 맞았고, 이후에는 너무 어렵게 승부를 가져가려다 끌려가고 만 거다.

결과는 엉망이지만, 나름대로 수확이 있는 대결이었다고 여겼다.

언론에서 뭐라고 떠들더라도 상관하지 않았다.

다음 대결에서는 다른 모습을 보여줄 테니까.

"아! 구위! 지혁이 네가 구위로 사토시 준을 눌러 버렸어야 했는데! 포수인 내가 먼저 알고 있어야 했는데! 젠장!"

형수가 그렇게 말하며 제 머리를 쥐어박는 소리가 들렸다.

"나는 단 한 번도 타자를 상대로 물러난 적이 없다. 내 공에 대한 자신감 하나로 칠 수 있으면 쳐보라는 식으로 타자를 압박했다. 한국에서 보여줬던 네 피칭을 보고 난 네가 나와 같은 타입의 투수라고 확신했다. 아닌가?"

랜디 존슨의 말이 맞다.

시범 경기라 구속이 올라오지 않았다? 구위를 회복하지 못했다?

나와는 관계없는 말이다.

첫 시범 경기에서 난 제대로 된 구속을 보이지도 않았고, 위력적인 구위도 없었다.

생각해 보면 사토시 준에게 처음 홈런을 맞은 게 오히려 내게는 이득이 된 셈이다.

파워가 없는 사토시 준도 홈런을 쳤으니 다른 타자들도 자신이 붙은 거다.

그 결과 무리하게 큰 스윙을 한 타자들로 인해 추가 실점이 없었던 경기였다.

운이 좋았다.

작년 대전 호크스에 입단했을 때가 떠올랐다.

주니치 드래건즈와의 비공식 연습 경기에서도, 부산 샤크스와의 시범 경기와 개막전 선발 경기에서도 자신 있게 나만의 공을 던졌다.

칠 수 있으면 얼마든지 쳐보라는 식으로 던졌었다.

그런데 사토시 준을 상대로는… 타자의 성향만 보고 전력이 아닌 볼품없는 밋밋한 공을 던졌다.

고작 1년 프로 물 좀 먹고, 대성공을 거뒀다고 자만을 하는 건가?

쉽게 타자를 생각한 건가?

그것도 아니면, 메이저리그 타자들에게 위축이라도 된 건가?

막대한 연봉으로 인한 부담감인가?

3일 동안 온갖 생각이 머릿속을 복잡하게 만들었다.

그리고 지금은 단 하나만을 생각하고 있었다.

다음 시범 경기에서 전력으로 공을 던진다.

*   *   *

따악!

아슬아슬하게 담장을 넘어가는 타구를 바라보며 작게 숨을 토해냈다.

홈런을 치고 베이스를 도는 마이애미 말린스의 3번 타자 빌 버스턴의 얼굴 표정이 썩 밝지 못했다.

손목을 연신 주무르고 있었다.

메이저리그를 대표하는 홈런 타자로 매년 30개 이상씩

홈런을 터트리는 거포다.

두 번째 시범 경기에서도 홈런을 맞았다.

오늘 경기가 끝나면 또 언론이 난리가 나겠다고 생각하니 슬쩍 웃음이 나왔다.

"그러니까 유인구로 승부를……."

"형수야, 빌 버스턴이 작정하고 휘두른 공인데 담장을 겨우 넘어갔네?"

"그거야 네 구위가 워낙 좋으니까 그렇지."

"아니지. 내 구위가 메이저리그 타자들에게도 확실하게 통한다는 거지. 다시 가자. 이번에는 구속을 좀 더 올린다. 말론 패트릭이 얼마나 잘 칠 수 있는지 확인해 보자."

"너 정말… 나도 모르겠다. 네 마음대로 해라."

투덜거리며 마운드를 내려가는 형수를 바라보다 대기 타석에서 배트를 휘두르고 있는 4번 타자 말론 패트릭에게 시선을 옮겼다.

빌 버스턴과 함께 마이애미 말린스의 쌍포라 불리는 말론 패트릭의 파워는 메이저리그 상위 그룹이다.

말론 패트릭의 파워와 내 구위.

과연 어느 쪽이 더 강할까?

한가운데 포심 패스트볼 전력으로 던져 준다.

3이닝 2실점 2피홈런, 그리고 7K.

마이애미 말린스와의 두 번째 시범 경기에서 내가 받아든 성적표다.

개인적으로는 만족스러웠지만, 역시나 언론들은 쉴 새 없이 부정적인 기사를 쏟아냈다.

그러거나 말거나 나는 나만의 시범 경기를 계속해서 이어나갔다.

Chapter 6

〈차지혁 시범 경기 성적〉

콜로라도 로키스 : 3이닝, 1실점, 1피홈런, 3탈삼진.

마이애미 말린스 : 3이닝, 2실점, 2피홈런, 7탈삼진.

뉴욕 메츠 : 5이닝, 2실점, 1피홈런, 10탈삼진.

애리조나 다이아몬드백스 : 5이닝, 2실점, 1피홈런, 12탈삼진.

종합 : 16이닝, 7실점, 5피홈런, 32탈삼진. 평균자책점 3.94.

맥브라이드 단장이 손에 들고 있던 선수 성적표를 내려놓으며 마주 앉아 있는 게레로 감독을 바라봤다.

"차지혁 선수에 대한 감독님의 평가는 어떻습니까? 솔직한 평가를 바랍니다."

"훌륭합니다."

더 이상의 대답은 필요하지 않다는 듯 게레로 감독이 입을 다물었다.

"일반적인 투수들과 비교했을 때, 분명 차지혁 선수의 시범 경기 성적은 나쁘지 않습니다. 하지만 차지혁 선수는 일반적인 투수가 아닙니다. 7년 동안 2억 5천만 달러라는 거액을 지불해야 하는 고액 투수입니다. 그 기준을 엄격하게 적용한다 하더라도 같은 평가를 내리겠습니까?"

게레로 감독은 그렇다며 고개를 끄덕이기만 했다.

맥브라이드 단장은 다른 종류의 파일을 들었다.

"여기는 시범 경기 동안 차지혁 선수를 밀착 관찰한 밥 도일의 선수 평가 보고서가 있습니다. 한 번 보시겠습니까?"

밥 도일은 과거 BA에서 가장 냉정하게 선수를 평가하기로 소문난 선수 분석의 대가였다.

오죽하면 몇몇 메이저리그 구단에서는 밥 도일의 파일이 10명의 전문 스카우트 보고서보다도 훨씬 신뢰가 높다고 할 정도였다.

밥 도일은 메이저리그의 신인 선수들이나 마이너리그의 유망주들만을 아주 냉정하게 분석해서 평가했는데, 당연히 올 시즌 그의 눈에 가장 먼저 들어간 선수가 바로 차지혁이다.

밥 도일의 평가서라는 소리에 게레로 감독은 파일을 건네받아 내용을 읽었다.

게레로 감독이 파일을 읽는 동안 맥브라이드 단장은 느긋하게 소파에 등을 기대어 기다렸다.

약간의 시간이 흐르고 게레로 감독이 파일을 테이블에 내려놓으며 말했다.

"제대로 봤군요. 역시 밥 도일이라고 할 만합니다."

게레로 감독의 얼굴에 만족스러운 미소가 걸려 있었다.

"언론이 뭐라고 하던 밥 도일은 차지혁 선수를 향후 다저스의 1선발 투수로 아주 훌륭한 이적 영입이라고 평가를 내렸다는 점이 가장 만족스럽더군요."

말을 하는 맥브라이드 단장의 얼굴에도 미소가 걸려 있었다.

"밥 도일의 평가서는 제가 생각했던 그대로입니다. 차지혁 선수는 굉장한 투수입니다. 시범 경기 성적만 놓고 본다 하더라도 충분히 다저스 선발 핵심 멤버가 될 것이고, 무엇보다도 콜로라도 로키스와의 경기 이후 달라진 그의 피칭 스타일은 혹시나 했던 메이저리그의 적응력을 더 이상 의심하게 만들지 않고 있습니다."

"포심 패스트볼의 구종 평가가 80점(Top tier) 만점이라는 게 참 의외였습니다."

"지금까지 본 그 어떤 투수보다 완벽한 포심 패스트볼을 던지는 투수가 차지혁 선수입니다. 포심 패스트볼의 커맨드와 컨트롤은 놀라울 정도입니다."

"그런데 재밌는 사실은 차지혁 선수가 지금까지 시범 경기에서 피홈런을 맞은 모든 구종이 포심 패스트볼 아닙니까?"

"그렇습니다. 그런데 더 재밌는 사실은 타자와 정면으로 승부를 벌였다는 점입니다. 즉, 자신의 구위와 타자의 파워를 냉정하게 평가를 받았다고 보면 됩니다."

게레로 감독은 특히 '정면으로 승부를 벌였다는' 말을 강조했다.

맥브라이드 단장도 알고 있는 사실이라는 듯 입가에 미소를 더욱 진하게 그렸다.

차지혁에게 홈런을 친 타자들은 사토시 준을 제외하곤 모두 각 팀의 3번이나 4번 즉, 최고의 장타력을 지닌 타자들이었다.

다시 말해서 각 팀에서 최고의 장타력을 갖춘 타자를 제외하면 어느 누구도 차지혁의 구위를 파워로 이겨내지 못했다는 소리다.

이건 굉장히 놀라운 일이다.

투수의 구위는 장타력과 직결되는 문제다.

차지혁이 원한다면 실투가 나오지 않는 이상 메이저리그의 그 어떤 투수보다도 피홈런을 맞지 않는다는 소리와도 같았다.

"메이크업(Make-up) 부분에서도 70점(Plus-plus)이라는 높은 점수를 줬다는 건, 밥 도일이 이런 부분도 확실하게 관찰했다는 사실일 겁니다."

메이크업은 투수의 경우 침착성, 직업윤리, 근면성, 승부근성, 배짱, 경기 태도 등을 통칭하는 말로 선수 성장에 있어서 굉장히 중요하게 여기는 부분으로 여기고 있었다.

메이크업과 가정환경이 좋은 선수의 경우 메이저리그 적응력과 선수의 성장 속도에 상당한 이점을 준다는 통계 결과로 인해 모든 메이저리그 구단에서는 유망주 평가에 있어 메이크업의 점수를 꽤 중요하게 보고 있었다.

"시범 경기도 모두 끝이 났으니 게레로 감독의 생각을 들어보고 싶습니다. 간단하게 묻겠습니다. 20일 샌디에이고 파드리스와의 개막전 선발 투수로 누굴 내세울 생각입니까?"

맥브라이드 단장의 물음에 게레로 감독이 테이블 위의
물컵을 들며 대답했다.

"개막전 선발 투수는… 필 맥카프리입니다."

＊　　　＊　　　＊

시범 경기가 끝나고 짧은 휴식이 주어졌다.

그래봐야 며칠밖에 되지 않는 시간이지만, 시범 경기 내
내 이어졌던 훈련과 경기로 인해 쌓인 피로를 풀기에는 정
말 꿀 같은 시간이라 부를 만했다.

"좋더군. 확실히 좋아졌어. 네가 가진 구종만으로도 이미 충
분히 메이저리그 마운드를 지켜낼 수 있으니 새로운 구종을 개
발하는 건 템포를 조금 더 늦춰도 된다. 6월 달에 시간이 나니
그때 찾아가도록 하지."

두 번째 시범 경기 등판까지 지켜보고 개인 스케줄 때문
에 스프링캠프를 떠났던 랜디 존슨이었다.

한 번도 연락을 하지 않다가 어제 저녁 전화를 해서 한
말이다.

바쁜 스케줄 속에서도 꼬박꼬박 내 등판 경기를 본 모양

이었다.

랜디 존슨의 말이 아니더라도 새로운 구종 개발은 진즉에 멈춰진 상태였다.

시범 경기에서 확인해야 할 부분들이 워낙 많았기에 그것들을 진행하다 보니 당연히 급할 것 없는 구종 개발은 후순위로 밀려날 수밖에 없었다.

지금도 마찬가지다.

시범 경기가 끝나고 짧은 휴식이 주어졌다고 하지만 새로운 구종을 연습하기보다는 현재의 몸 상태를 최상으로 끌어올리는 것이 더 중요했다.

그리고 메이저리그 타자들의 자료도 꾸준히 살펴봐야 했다.

어설프게 데이터 야구를 하겠다는 뜻이 아니라, 철저하게 타자들의 약점을 머릿속에 기억해 두기 위해서였다.

마운드 위에서 믿는 건 오로지 내가 던지는 공이지만, 한국 프로 무대와는 확연하게 다른 메이저리그 타자들의 파워와 타격 능력으로 인해 약점을 공략할 필요성이 있음을 시범 경기에서 충분히 느꼈다.

후웅! 후웅! 후웅! 후웅!

개인 훈련장 한쪽에 마련해 놓은 스윙 연습 공간에서는 쉬지 않고 맹렬한 바람 소리가 들렸다.

형수였다.

시범 경기 기간 동안 2할 3푼 7리의 타율과 2개의 홈런.

7할을 넘어가는 장타력은 초반 3경기에서의 부진을 일거에 날려 버릴 정도로 놀라운 성적이었다.

덕분에 마이너리그 통보를 받고 쓸쓸하게 떠난 선수들과는 다르게 메이저리그에 남아 40인 로스터에 당당하게 이름을 올렸다.

시범 경기가 끝났음에도 형수는 하루도 빼놓지 않고 매일 3천 개의 스윙을 해내고 있었다.

말이 3천 개지 실제로 3천 번이나 배트를 휘두르려면 보통 일이 아니었다.

온몸의 근육이 비명을 질러대는 통에 형수는 매일 같이 개인 사비를 털어가며 전문 스포츠 마사지사를 불러다가 근육통을 풀어야 했고, 손바닥은 흔한 말로 걸레가 되어버렸을 정도로 살점이 온전히 붙어 있질 않았다.

근육통과 손바닥의 고통을 이겨내며 휘두르는 스윙인 셈이다.

지이잉. 지이잉. 지이잉.

핸드폰 진동에 바로 액정 화면을 바라봤다.

Trout.

마이크 트라웃의 전화였다.

전화번호를 주고받은 건 꽤 오래전 일이지만, 거의 매일 볼 수 있었기에 실제로 통화를 한 적은 없었다.

"여보세요?"

─쇼크! 축하해!

"무슨 소리죠?"

─아직 개막전 선발이라는 통보를 못 받은 거야?

"예?"

개막전 선발?

이게 무슨 소린가 싶었다.

시범 경기 내내 나보다 좋은 모습을 보였던 필 맥카프리였다.

그리고 어쨌든 실질적으로 현 LA 다저스의 에이스인 그였기에 당연히 개막전 선발이라는 명예는 그의 몫이어야만 한다.

나 역시 개막전 선발 투수로는 생각조차 하지 않고 있었다.

"맥카프리에게 무슨 일이 생겼나요? 부상인가요?"

나은 성적, 실질적인 에이스 투수가 개막전 선발로 나오지 못한다?

이유는 딱 하나뿐이다.

─맞아. 팔꿈치에서 통증을 느끼고 있다고 하더라고. 정

밀 진단 결과가 나와 봐야 알겠지만, 최소 2주 정도는 마운드에 오를 수가 없는 모양이야.

"그렇군요."

팔꿈치에서 통증이라면 인대 손상과 염증을 가장 쉽게 떠올릴 수 있다.

어느 쪽이든 좋지 않다.

가벼운 통증일 수도 있지만, 팔꿈치 통증은 투수들에게 있어 상당히 위험한 신호였기에 무조건 회복에 전념해야만 한다.

시범 경기 마지막 등판에서도 5이닝 동안 위력적인 피칭을 보여줬던 필 맥카프리였다.

물론 중간중간 마운드 위에서 팔을 털며 인상을 찌푸리는 모습을 보이긴 했지만, 계속해서 투구를 끝까지 했기에 설마 그것이 부상자 명단에 올라야 할 정도로 통증이 심한 거라고는 생각하지 못했다.

어쨌든 에이스이자, 1선발 투수인 필 맥카프리가 빠진 자리를 채울 수 있는 투수는 시범 경기 동안 두 번째로 좋은 성적을 보이고 에이스급의 성적을 기대하는 나밖에 없었다.

―루키가 개막전 선발 투수라니! 잘해 보라고!

축하한다는 말과 잘하라는 말을 하고 트라웃은 전화를

끊었다.

핸드폰을 내려놓기도 전에 구단에서 전화가 왔다.

트라웃에게 미리 들은 것처럼 개막전 선발 투수라는 통보였다.

내일 게레로 감독과 미팅이 있으니 시간 맞춰서 구단으로 오라는 말도 전해왔다.

개막전 선발 투수라는 사실에도 딱히 가슴이 뛰거나 흥분되는 감정은 없었다.

이미 한국에서도 고졸 신인 투수로 개막전 선발에 나섰던 경험이 있기 때문이다.

지이잉. 지이잉.

또다시 핸드폰이 울렸다.

액정 화면을 확인하니 유혁선 선배였다.

LA 다저스에서 코치 연수를 받고 있었기에 꽤 자주 구단에서 만날 수가 있었다.

보나마나 개막전 선발 투수가 된 것에 대한 축하 전화일 것이 뻔했다.

"예, 선배님."

*　　　*　　　*

"지혁아!"

입국 심사를 마치고 모습을 드러낸 어머니가 가장 먼저 내 이름을 부르며 달려왔다.

뒤이어 아버지와 지아의 모습까지도 눈에 들어왔다.

"얼굴이 왜 이렇게 까칠해? 볼 살이 쪽 빠졌네! 제대로 밥도 못 먹는 거야? 엄마가 보낸 반찬은 다 먹었어? 사골 국은 다 먹었어? 밥은 꼬박꼬박 해먹는 거야? 형수랑 둘이서 굶고 다니는 거야?"

미국으로 와서 2kg이나 체중이 더 늘어났지만, 어머니의 눈에는 아닌 모양이다.

"살이 빠지기는 더 늘어난 거 같은데!"

지아의 말에 어머니가 고개를 휙 돌리며 사납게 째려봤다.

그 모습에 지아가 혀를 삐죽 내밀었다.

"건강하게 보이는구나."

아버지는 어머니와 다르게 내 몸이 더 좋아졌다는 걸 한 눈에 알아보는 듯 했다.

"두 분 다 어디 아프신 곳은 없죠?"

내 물음에 어머니는 보면 모르냐며 자신들 걱정하지 말고 내 몸이나 잘 돌보라며 한바탕 잔소리를 쏟아냈다.

뒤이어 형수가 부모님께 꾸벅 고개를 숙이자 반갑게 인

사를 했다.

마지막으로 지아 차례가 됐다.

"넌 학교 어쩌고 미국까지 온 거야?"

중학교 3학년인 지아가 방학도 아닌데 미국까지 온 건 좀 의외였다.

"오빠 때문에 하루도 조용할 날이 없어서 잔소리 좀 하려고 왔어! 한국에서 오빠가 얼마나 잘근잘근 씹히고 있는지… 아야!"

"오빠한테 무슨 말이야! 장기 결석하더라도 오빠를 응원해야 한다면서 그렇게 고집을 부려놓고 왜 앞에서는 엉뚱한 소리야?"

"치잇! 엄마는!"

지아가 원망스럽게 어머니를 바라보다 빨갛게 달아오른 얼굴로 황급히 내 시선을 피해 버렸다.

날 응원하려고 장기 결석까지 감행했다는 말이 고맙기도 했고, 한편으로는 내가 참 못 미덥게 시범 경기를 했구나 하는 반성도 들었다.

비록, 그것이 나만의 확인 작업이었다 하더라도 말이다.

"선발 등판이라고 가족들이 한국에서까지 응원을 오다니! 정말 감동적입니다!"

형수는 진심으로 감동을 받은 얼굴을 하고 있었다.

"형수 오빠는 개막전 선발이야?"

"…지아야, 미안하다."

고개를 떨구는 형수를 지아가 그럴 줄 알았다는 듯 대꾸했다.

"어차피 기대도 안 했어. 그러니까 너무 미안해할 것 없어. 열심히 연습하다 보면 언젠가 기회가 있겠지. 시범 경기 때 헛스윙만 하는 꼴이 애초부터 개막전 선발은 물 건너간 것 같더라."

지아의 말에 형수의 거구가 휘청거렸다.

"그, 그래. 열심히 연습하다 보면 기회가 있겠지……."

먼 한국에서 미국까지 응원을 온 가족들을 위해서라도 내일 있을 개막전 선발 경기를 멋지게 해내고 말겠다는 강한 다짐을 했다.

*　　　*　　　*

LA 다저스 홈 중계를 전속으로 맡아서 하는 캘러헌은 중계 테이블 위에 어지럽게 널브러져 있는 자료들을 이리저리 뒤지다가 머리를 좌우로 흔들었다.

아무리 찾아봐도 양 팀 선발 라인업 자료가 보이질 않았다.

어쩔 수 없이 중계 박스에 설치되어 있는 전화기를 들었다.

"린다! 미안한데 오늘 양 팀 선발 라인업 좀 보내줘. 아무래도 집에서 빠트린 모양이야."

전화기를 내려놓고 서둘러 테이블 위의 자료들을 하나둘 정리하기 시작했다.

그 사이 중계 박스 안으로 캘러헌과 항상 짝을 이뤄 해설을 하는 길버트가 들어왔다.

"캘러헌, 캐스터가 선발 라인업을 빠트리면 어떡해?"

고개를 돌리니 길버트가 한 장의 종이를 흔들며 서 있었다.

"아, 린다가 줬군요."

어색하게 웃는 캘러헌에게 길버트는 종이를 건네줬다.

"오늘부터 또다시 피를 말리는 전쟁이 시작되겠군!"

자신의 자리에 앉으며 그렇게 말을 하는 길버트의 모습에 캘러헌이 빙긋 웃었다.

"덕분에 저희가 먹고 사는 거죠."

"하하하. 그건 그렇지. 구단과 선수들이야 성적 때문에 시즌 내내 피를 말리겠지만, 우리야 그 덕에 또 1년을 걱정 없이 지낼 수 있는 거니까."

매년 162경기를 치르는 메이저리그다.

LA 다저스의 경우 2027년 홈경기가 78게임으로 작년보다 게임 수가 줄어들었지만, 그 게임을 중계하고 해설하는 대가로 받는 돈은 조금도 달라지지 않았다.

게임 수에 관계없이 매년 웬만한 직장인보다 훨씬 많은 연봉을 받았기에 메이저리그의 캐스터와 해설위원 자리는 항상 경쟁이 치열했다.

몇몇 구단의 오래된 캐스터와 해설위원을 제외하면 거의 모든 캐스터와 해설위원들이 매년 계약 갱신을 해야 하는 입장이라, 절대 허투루 중계를 할 수가 없었다.

아무리 메이저리그를 좋아한다 하더라도 사명감과 책임감이 없으면 절대 할 수 없는 일이었다.

"다른 날도 아니고 다저스 홈 개막전 선발 투수가 코리아 쇼크라니… 신인 투수를 개막전 선발로 내세운 건 좀 무리가 아닌가 싶군요."

"어쩌겠어? 맥카프리가 팔꿈치 통증이라잖아."

"그러게 말이에요. 시범 경기 동안 오버 페이스라고 생각했는데, 결국 시즌 시작도 하기 전에 4주 부상자가 되어버렸네요."

캘러헌의 말에 길버트가 혀를 차며 대꾸했다.

"불안했던 거지."

"불안했다고요?"

"구단주가 직접 지시해서 단장이 2억 5천만 달러나 들여서 새로운 투수를 영입했는데, 제아무리 맥카프리가 다저스 에이스라 하더라도 감독까지 교체된 마당에 자신의 자리가 불안하지 않았겠어? 그러니 시범 경기 동안 신임 감독에게 제대로 눈도장을 찍어놓으려면 오버 페이스라 하더라도 무리할 수밖에 없었겠지."

"그렇긴 하군요. 어쨌든 맥카프리도 그렇지만, 다저스 입장에서도 참 안타까운 일이죠."

에이스급 투수가 시즌 개막 직전에 4주 부상자 명단에 올랐다.

많게는 5번, 적게는 4번이나 로테이션을 쉬어야 한다.

투수 개인이나, 구단 입장에서나 에이스 투수라는 걸 생각하면 최소 2승 이상을 그대로 날려 버리는 일이니 굉장히 손해가 클 수밖에 없었다.

"그런데 과연 코리아 쇼크가 제대로 투구를 할 수 있을까요? 시범 경기 성적은 맥카프리 다음으로 좋았다고 하더라도 루키라는 부담감도 그렇고, 시범 경기에서 매 경기마다 피홈런으로 실점을 허용했던 부분도 그렇고… 솔직히 전 5이닝 2실점 정도면 나쁘지 않은 데뷔전이라고 생각하고 있거든요."

캘러헌의 말에 길버트가 어깨를 으쓱거렸다.

"그럴까?"

"저랑 생각이 다르군요?"

"솔직히 코리아 쇼크가 7이닝 2실점만 해준다면 아주 훌륭한 데뷔전이 될 것이라고 생각해. 그런데 어제 밥 도일이 포스팅한 것 봤어?"

"못 봤어요. 밥 도일이 코리아 쇼크에 대해서 포스팅을 했나요?"

"메이저리그 역사에 남을 최고의 신인이라고 소개를 했더군."

"예? 설마 그게 부정적인 의미인가요?"

2억 5천만 달러의 신인.

확실히 메이저리그 역사에 남을 신인이긴 했다.

"밥 도일이 언제 말장난을 하는 거 봤어?"

"아, 아뇨."

"놀랍지? 선수 평가에 있어서만큼은 냉혹하다는 말을 듣는 밥 도일이 코리아 쇼크를 메이저리그 역사에 남을 최고의 신인이라고 포스팅을 했으니 말이야."

"정말 의외군요. 도대체 어떤 부분으로서 그렇게 좋은 평가를 내렸는지 꼭 찾아봐야겠군요."

*   *   *

두근두근두근두근두근!

아침만 하더라도 멀쩡했다.

평소와 다를 것 하나 없었다.

그런데 다저 스타디움.

이 거대한 경기장에서 들어서고, 개막전 선발 투수로 마운드에 오른다는 사실이 눈앞의 현실로 다가오자 갑작스럽게 심장이 미친 듯이 뛰었다.

한국 프로 무대에서도 고졸 신인 투수로 개막전 선발 마운드에 섰지만, 솔직히 느낌 자체가 하늘과 땅이라 불러도 좋을 정도로 달랐다..

거친 들판을 폭주하듯 달려가는 말처럼 뛰어대는 심장 박동은 좀처럼 가라앉질 않았다.

"후우우우······."

눈을 감고 차분하게 호흡을 내뱉었다.

최대한 의식적으로 호흡을 천천히 가져가자 서서히 심장 박동이 느려지기 시작했다.

"개막전 선발이라고 다를 것 없다. 네 공만 믿고 한국에서 그랬던 것처럼 자신 있게 던져라."

최상호 코치의 깜짝 방문이었다.

개막전 선발로 등판을 한다고 하니 급하게 LA까지 날아
온 거다.

"차지혁 선수는 누가 뭐라 하더라도 세계 최고의 투수입니
다. 그 자신감으로 마운드에 서면 분명 좋은 결과가 있을 거라
고 믿습니다."

황병익 대표 역시 아침에 최상호 코치와 함께 집으로 찾
아와 날 응원해 줬다.

"필 맥카프리가 팔꿈치 부상이라면서? 하하하! 희한하게도
나랑 같은 상황이구나? 나도 2001년 시즌 개막전에 케빈 브라운
이 아킬레스건 부상을 당하는 바람에 내가 선발 등판을 했었지.
그때 난 7이닝 무실점으로 승리 투수가 됐었으니까 지혁이 너도
꼭 승리 투수가 되길 바란다!'

박호찬 선배는 개막전 선발도 결국은 수많은 게임 중 하
나일 뿐이라며 긴장할 것 없다는 격려의 전화를 했다.

"샌디에이고 파드리스의 타선은 생각보다 강한 편이지만, 지
혁이 네 구위라면 충분히 누를 수 있는 타자들이다. 과감하게

구위로 눌러 버려."

유혁선 선배는 예의 개구쟁이 같은 미소를 지으며 내게
힘을 줬다.

그 외에도 아침부터 어머니는 든든하게 상을 차려 기운
을 북돋아줬고, 아버지는 언제나처럼 아들을 믿는다는 표
정으로 부상을 당하지 말라는 조언만 했다.

지아는 시차 적응에 실패해 겨우 눈만 뜨고는 파이팅이
라며 응원을 해주곤 다시 아침잠을 잤다.

그리고.

개막전 선발 등판 축하해요!
반드시 지혁씨라면 반드시 이길 거라고 믿어요!
차지혁! 파이팅! 아자! 아자!

차지혁 선수! 정말 자랑스럽습니다!
메이저리그에서도 신인 투수로 개막전 선발 등판이라니, 제
가 다 떨리는군요!
경기 꼭 지켜보면서 응원하겠습니다!
멋진 피칭 부탁드립니다!

샌디에이고 파드리스는 개막전부터 무서운 상대를 만났네요.

개막전에서 필리스가 다저스와 만나지 않은 것이 이렇게 다행스럽게 생각될 줄은 몰랐네요.

미국 전역에 차지혁 선수의 가치를 확실하게 증명하길 바랄게요.

아주 가끔씩 문자로만 연락을 주고받았던 정혜영, 차동호 기자, 에바까지 모두 아침부터 문자를 보내주었다.

그 외에도 에이전시를 통해 한국과 LA와 미국 전역에 퍼져 있는 교포들이 각종 선물을 보내주며 승리를 응원했다.

모두 고마운 사람들이다.

그들의 기대를 저버리고 싶지 않았다.

시범 경기를 통해 내가 확인한 메이저리그 마운드의 높이를 확실하게 오늘 경기에서 보여줄 생각이다.

승리나 패배에 대한 집착은 없다.

패배하기보단 승리하는 것이 더 좋겠지만, 투수인 내가 승리를 이끌 순 없는 일이다.

그저 오늘 하루만큼은 LA 다저스 최고의 방패가 되어 마운드 위에 버티고 서 있을 생각이다.

"지혁아."

클럽 하우스 문이 조심스럽게 열리며 형수가 머리를 내

밀고는 날 불렀다.

"시작이야?"

"그래. 개막전 행사부터 시작한다."

몸을 일으켰다.

그래도 잠시 동안 차분하게 마음을 가라앉은 효과가 컸는지 심장 박동이 평소보다 아주 약간만 빠를 뿐이었다.

약간의 흥분감과 긴장감, 그리고 온몸의 세포 하나하나를 깨우는 것만 같은 묘한 떨림.

"뭐야? 너 웃냐?"

형수가 두 눈을 동그랗게 뜨고 쳐다봤다.

내가 웃고 있었나?

의식하지 못했다.

"난 내가 선발 투수도 아닌데 심장이 이렇게 벌렁거리는데… 너도 이런걸 보면 정상은 아니야."

고개를 절레절레 젓는 형수의 모습에 나는 그의 어깨를 툭 치며 말했다.

"가자."

Chapter 7

　―우와아아아아아아아아!!

　엄청난 함성 소리.

　마운드에 서자 5만 6천석의 관중석을 꽉 채운 관중들이
함성을 내질렀다.

　특히 한국 교포와 관광객들로 이루어진 한인 응원석에서
들려오는 나에 대한 열렬한 응원 소리는 잠시나마 긴장했
던 마음을 다잡아주기에 충분했다.

　고개를 들어 하늘을 바라보니 파랗고 높은 하늘과 따뜻
한 햇살이 참 좋은 날이었다.

"공 던지기에 딱 좋은 날이네."

그렇게 중얼거리고는 연습 피칭을 하기 위해 로진백을 왼손으로 주무르곤 내려놨다.

한 가지 아쉬움이라면 오늘 호흡을 맞출 포수가 형수가 아니라는 점뿐이다.

당연한 일이다.

형수는 어디까지나 유망주에 백업 포수의 자리를 얼떨결에 꿰찬 선수일 뿐이다.

LA 다저스의 주전 포수는 루이스 토렌스다.

올해 한국 나이로 31살인 그는 본래 양키스에서 꽤 촉망받던 포수 유망주였다.

하지만 어깨의 염증이 여러 차례나 반복되면서 제대로 빛을 보지 못했다.

2번의 트레이드 끝에 다저스 유니폼을 입은 토렌스는 2023년, 그 재능이 폭발하면서 다저스의 주전 포수로서 자리를 확실하게 잡은 상태였다.

특히 수비 능력이 굉장히 좋았기에 2023년에는 골드 글러브를 수상하기까지 했다.

쇄애애액―!

퍼―엉!

미트질이 아주 깔끔했다.

포수에게 있어 미트질, 투수가 던진 공을 스트라이크로 만드는 능력인 프레이밍(framing)은 투수라면 누구나 중요하게 여기는 포수의 능력 중 하나다.

토렌스는 이 부분에 있어서만큼은 메이저리그 전체를 통틀어서 세 손가락 안에 들어갈 정도로 훌륭했다.

더불어 블로킹과 송구 능력 또한 굉장히 뛰어나서 괜찮은 공격력을 갖고 있음에도 수비형 포수라고 불렸다.

구단 입장에서야 수비형 포수보다는 공격형 포수를 더 선호하지만 투수인 내 입장은 정반대였다.

시범 경기에서도 2번 호흡을 맞춰본 결과 토렌스와는 궁합이 꽤 잘 맞았다.

하지만 수비 능력이 조금 떨어지더라도 형수와의 교감이 더 깊었기에 두 사람 중 한 명과 배터리를 이루라면 고민하지 않고 형수를 선택할 수 있었다.

연습 투구 내내 토렌스는 고개를 끄덕이며 공이 좋다는 제스처를 보여줬다.

굉장히 과묵한 편에 속하는 토렌스였기에 항상 활발하게 분위기를 이끌려고 노력하는 형수의 모습도 아쉬움 중 하나였다.

몇 차례의 연습 투구가 끝나고 심판이 게임 시작을 알렸다.

샌디에이고 파드리스의 1번 타자는 올스타에 3번이나 뽑힌 마누엘 마고.

도미니카 출신으로 전형적인 5툴 플레이어.

특히 배트 컨트롤이 상당히 뛰어나서 삼진을 잘 당하지 않기로 유명했다.

이번 스토브리그에서 공격적으로 많은 돈을 퍼부어서 오클랜드 애슬레틱스로부터 이적에 성공시킨 이적 3인방 중한 명이다.

한국 나이로 33살이니 앞으로 3~4년은 샌디에이고를 위해 뛸 타자고, 그 기간 동안 나 역시 다저스에서만 공을 던진다면 매년 19번 샌디에이고와 경기를 치르니⋯ 로테이션에 따라서는 매년 수십 타석을 상대할 수도 있는 타자다.

'초구부터?'

토렌스는 초구로 파워 커브를 요구했다.

코스는 스트라이크 존에서 공하나 정도 빠지는 아래.

초구부터 볼을 던진다는 게 마음에 들지는 않았지만, 경기 직전 초구만큼은 절대적으로 토렌스의 의견대로 공을 던져 주기로 약속을 했었다.

마누엘 마고의 성향이 워낙 공격적이라 배트가 나오면 범타가 될 확률이 컸으니 토렌스의 판단이 꼭 나쁜 것만은 아니라고 생각했다.

첫 번째 투구, 메이저리그 마운드에서 공식적으로 기록되는 1구다.

나를 노려보는 마누엘 마고의 시선을 무시하며 천천히 와인드업을 한 뒤, 힘껏 공을 던졌다.

쇄애애애액! 휘이익!

퍼—엉!

타석에서 움찔거렸던 마누엘 마고가 안도의 눈빛을 보낼 때였다.

"스트라이크!"

"……!"

볼이라고 안심했던 마누엘 마고는 이해가 가지 않는다는 듯 심판을 향해 볼이라며 어필을 했다.

고개를 끄덕이며 공을 돌려주는 토렌스를 바라보며 나는 피식 웃고 말았다.

미트질의 승리다.

볼도 스트라이크로 만드는 토렌스의 미트질이 초구부터 나왔다.

이건 마누엘 마고의 공격적인 성향을 따져서 나온 주문이 아니다.

투수인 나를 위한 주문이다.

오늘 네가 던질 스트라이크 존은 넓다!

토렌스는 나에게 그걸 알려주고 싶었던 거다.

"이런 건 형수가 좀 빨리 배워야 할 텐데."

로진백을 왼손에 묻히며 그렇게 중얼거렸다.

볼 판정을 어필했다가 아무런 소득도 없이 오히려 사나운 눈초리만 받은 마누엘 마고는 타석에서 다시 자세를 잡으며 나를 잡아먹을 것처럼 노려봤다.

억울하겠지.

분명 공 반 개 정도가 빠진 볼이었으니까.

하지만 토렌스의 미트질에 심판이 완전히 당해 버렸으니 이제 마누엘 마고는 꼼짝없이 스트라이크 존을 넓혀야만 한다.

스트라이크 존이 넓은가, 좁은가.

투수와 타자의 대결에 있어 이것보다 중요한 문제가 없다.

일반인들에게 공 반 개의 차이는 별것 아닌 것처럼 보이겠지만, 투수와 타자에게는 굉장히 큰 차이를 준다.

투수에게는 삼진이나 범타를 유도해 낼 확률이 폭발적으로 증가하기 때문이다.

'이번에는 바깥쪽이라는 건가?'

토렌스가 요구한 구종은 컷 패스트볼, 코스는 마누엘 마고의 바깥쪽을 걸치는 곳으로 역시나 스트라이크 존에서 공 반 개 정도 빠진 위치다.

한국 프로 무대에서도 내가 가장 쉽게 스트라이크 카운트를 잡았던 효자가 바로 컷 패스트볼이다.

그렇지 않아도 바깥쪽에서 휘어져 들어오는 컷 패스트볼은 우타자 입장에서 굉장히 멀게 느껴지는데, 토렌스의 사기성 짙은 미트질까지 더해진다면 어떤 효과가 더해질지 생각만으로도 기대가 됐다.

쐐애애액!

퍼엉!

공이 휘어져 들어오는 순간 최대한 팔을 뻗으며 손목을 가볍게 챈다.

아슬아슬할 정도로 미트 끝에 공이 잡혔다.

정말 감각적이라고 부를 수밖에 없는 미트질이다.

역시 메이저리그 정상급 미트질이라고 칭찬할 만했다.

공을 던진 투수인 나조차 기가 막힐 지경인데, 주심은 오죽할까?

"스트라이크!"

스트라이크 판정이 나오자 마누엘 마고가 고개를 획 돌려 주심을 향해 소리쳤다.

"말도 안 돼! 이렇게 먼 거리의 공이 어떻게 스트라이크라는 거야!"

주심이 마스크를 머리 위로 들어 올리며 마누엘 마고를 가만히 노려봤다.

시합 시작부터 자꾸만 자신의 판정에 불만을 품고 반박을 하니 화가 나지 않을 수 없는 거다.

더욱이 오늘 경기는 메이저리그 개막전이다.

긴 겨울 동안 야구 하나만 기다려온 야구팬들에게 축제의 시작을 알리는 무대인데, 그런 무대에서 자신의 판정을 대놓고 오심이라 여기니 화를 참을 수가 없었다.

"더 이상 내 판정에 불만을 품는다면 퇴장시키겠어."

주심의 차디찬 경고에 마누엘 마고의 얼굴이 벌겋게 달아올랐다.

이쯤 되자 샌디에이고 파드리스 더그아웃에서도 사람이 걸어 나왔다.

감독은 아니고, 코치로 보이는 중년인이었다.

그는 곧바로 주심에게 다가가서는 마누엘 마고에게는 옆으로 빠지라는 듯 손짓을 하고는 말을 건넸다.

토렌스가 미트질을 하고 있다는 듯 직접 공을 잡는 제스처까지 보이며 주심에게 말을 하고는 돌아갔다.

타석에 들어서기 전 힘차게 배트를 몇 차례 휘두른 마누엘 마고가 타석에 들어섰다.

아까보다 반 발자국 정도 홈베이스에 붙어 섰다.

'여기서는 몸 쪽 높은 코스로 포심 패스트볼이 답이다.'

배테랑 포수답게 토렌스 역시 포심 패스트볼로 몸 쪽 높은 코스를 요구해 왔다.

이번에는 미트질을 할 필요가 없는 정상적인 스트라이크 존이다.

사인을 받은 즉시 와인드업을 했고, 1회 초, 1번 타자라는 사실을 깨끗하게 잊으며 전력으로 공을 던졌다.

쐐애애애액!

부웅!

퍼어—엉!

"스윙! 타자 아웃!"

공보다 한참 늦은 타이밍에 배트가 나왔다.

쉽게 삼진을 당하지 않는 타자인 마누엘 마고였지만, 무기력할 정도로 공 3개만으로 헛스윙 삼진을 당하고 말았다.

동시에 관중석에서 휘파람 소리와 환호성 소리가 시끄럽게 울려 퍼졌다.

전광판에는 불붙은 공이 전광판의 정중앙을 가르고 지나가며 '98mph'이라는 숫자가 붉은색으로 깜빡이고 있었다.

시범 경기에서도 심심찮게 98마일(157.7㎞)의 구속을 보여주긴 했기에 딱히 놀라울 건 없었다.

현재 내가 컨트롤 가능한 가장 빠른 구속이라고 보면 됐다.

1번 타자를 3구 삼진, 그것도 마지막 헛스윙을 잡아낸 포심 패스트볼이 불같은 강속구라는 사실에 홈 팬들은 열광적으로 나를 향한 응원을 쏟아냈다.

이방인, 한국이라는 먼 동양에서 온 낯선 투수에게도 얼마든지 열광적인 응원을 보낼 수 있는 유일한 세계가 바로 스포츠 세계다.

예상하지 못했던 토렌스의 환상적인 미트질에 인종과 민족을 뛰어넘은 홈 팬들의 열렬한 응원까지 더해지니 더욱더 자신감이 붙었다.

마누엘 마고가 떠난 자리엔 산티노 벨이라는 샌디에이고 팜 시스템을 통해 착실하게 실력을 쌓은 젊은 선수가 들어섰다.

2020년 드래프트에서 3라운드 지명을 받았을 정도로 실력과 재능이 뛰어난 선수였지만, 바깥쪽과 몸 쪽을 넘나드는 컷 패스트볼과 포심 패스트볼에 꼼짝도 못하고 삼진으로 물러나고야 말았다.

3번 타자는 도미닉 스미스.

마누엘 마고와 마찬가지로 올 시즌 거액의 이적료와 계약금을 지출하며 샌디에이고 유니폼을 입힌 이적 3인방 중 핵심 멤버로 불리는 도미닉 스미스는 메이저리그 1루수 중 상급에 속했다.

1루수라는 포지션 자체가 워낙 막강한 타자들이 포진되어 있다 보니 올스타에 선정된 적도, 골드 글러브나 실버 슬러거와 같은 타이틀을 따본 적도 없지만, 매년 25개 이상의 홈런과 평균 이상의 수비 실력으로 꾸준하게 좋은 활약을 해줬다.

쉽게 말해 2% 부족한 선수라고 할까?

하지만 도미닉 스미스는 5년 1억 5천만 달러라는 초대형 계약을 체결하며 샌디에이고로 팀을 옮겨왔다.

체구는 생각보다 크지 않았다.

체중도 많이 나가지 않아서 1루수 치고는 발도 꽤 빨라 매년 10개 이상의 도루를 할 정도였다.

2021년부터 2024년 동안에는 20―20클럽을 달성했을 정도로 준족 소리까지 들었던 도미닉 스미스였기에 깊숙하게 내야로 빠지는 타구는 충분히 안타로 만들어낼 주력을 갖추고 있었다.

배트 스피드도 빠르고, 컨택 능력도 좋았으며, 인내심과 선구안도 좋아 상당히 까다로운 타자라고 알려졌지만 좌타자라는 점이 나에게는 가장 큰 약점이었다.

퍼엉!

"스트라이크!"

흠칫거릴 정도로 놀라는 도미닉 스미스는 몸으로 바짝

붙어 들어오다 꺾여 들어가는 컷 패스트볼에 인상을 잔뜩 일그러트렸다.

그렇다고 뒤로 물러나자니 바깥쪽으로 빠지는 공에 대한 대처가 쉽지 않아 이러지도 못하고 저러지도 못하는 사이 2스트라이크가 되어버렸다.

부웅!

마지막은 적당하게 눈높이로 들어가는 높은 코스의 포심 패스트볼로 마무리를 지었다.

3타자 연속 삼진.

가장 떨린다는 데뷔전의 1회 초, 투구를 환상적으로 마쳤다.

더그아웃으로 들어가는 날 향해 홈 팬들의 우레와 같은 박수가 쏟아져 나왔다.

타국에서 받는 열광적인 박수 세례라서 그런지 기분이 더 좋았다.

"역시 대단한걸!"

빅터 페르난도가 나에게 다가와 엄지손가락을 치켜세우며 입에서 침을 튀겨댔다.

그 역시 이번 스프링캠프와 시범 경기 기간 동안 꽤 준수한 성적을 내면서 메이저리그 로스터에 아슬아슬하게 포함되었다.

보직은 불펜이었지만, 메이저리그 로스터에 이름을 올렸다는 것 자체만으로도 빅터 페르난도는 꽤 만족스러워했다.

"겨우 1회를 마쳤을 뿐인데, 뭘."

나보다 2살이나 많았지만, 빅터 페르난도와는 친구처럼 편안하게 대화를 나눴다.

아니, 실제로 빅터 페르난도는 나를 친구라 여기고 있기도 했다.

형수 역시도 마찬가지였다.

"지혁이 귀찮게 하지 말고 저리가."

손을 휘휘 저으며 형수가 내 곁으로 다가와선 빅터 페르난도를 밀어냈다.

"장! 나는 척을 귀찮게 한 적 없다고!"

언제 부턴가 빅터 페르난도는 나를 '척'이라고 부르고 있었는데, 지혁이라는 이름을 몇 번 발음하다 끝내는 멋대로 '척'이라고 부르기 시작했다. 지혁이라는 멀쩡하고도 좋은 이름이 있었지만, 외국인들에게는 딱히 발음하기가 쉽지 않았기에 아무렇게나 부르도록 내버려 뒀다.

"형수야, 너 앞으로 무슨 수를 써서라도 토렌스에게 미트질 배워라."

"그래야지. 그래야 되는데……."

타격에 대한 욕심이 더 큰 형수다.

하지만 진짜 메이저리그에서 제대로 포수 대접을 받으려면 수비 능력이 우선이었다.

공격형 포수가 화려한 스포트라이트를 받는 건 어쩔 수 없는 사실이지만, 형수가 타격에만 욕심을 부린다면 어느 순간 구단에서는 포지션 변경을 요구해 올 것이 분명했다.

진지하게 말을 해주고 싶었지만, 이내 입을 다물고 말았다.

경기 중에 다른 곳에 신경을 쓴다는 건 있을 수 없는 일이었으니까.

샌디에이고의 개막전 선발 투수는 좌완 맥스 프리드.

샌디에이고 파드리스의 프랜차이즈 스타이며, 올스타 투수로도 3차례나 뽑혔고 1번의 사이영상 수상과 2번이나 투표에서 2위를 기록했을 정도로 막강한 내셔널리그 정상급 투수다.

2012년 드래프트를 통해 1라운드 7순위로 샌디에이고에 지명을 받은 맥스 프리드는 15년 동안이나 샌디에이고를 떠난 적이 없다.

1회 말 공격 선봉장, LA 다저스의 리드오프인 1번 타자는 이적료를 제외하고 계약 총액만 1억 8천만 달러로 클리블랜드 인디언스에서 이적해 온 던컨 카레라스다.

아메리칸리그 최고의 외야수 중 한 명인 던컨 카레라스는 2021년 드래프트 때부터 제2의 트라웃이라 불릴 정도로 확실한 재능과 실력을 겸비한 초특급 유망주였다.

결과적으로 모든 전문가들의 예상은 정확하게 맞았다.

2023년 25홈런, 41도루, 114득점으로 만장일치 아메리칸리그 신인왕에 올랐다.

2024년과 2025년에는 30-30클럽 달성과 동시에 넓은 수비 범위와 강한 어깨로 인해 골드 글러브와 실버슬러거까지 거머쥐며 명실상부 메이저리그 최정상급의 외야수로 이름을 올리고 있었다.

정확성, 파워, 주력, 수비 능력, 강한 어깨까지 진정한 5툴 플레이어인 던컨 카레라스가 어째서 1번 타자인지 의아스러울 수도 있다.

"카레라스도 진짜 괴물은 괴물이지. 무엇보다 더 놀라운 건 우리보다 3살밖에 많지 않다는 거지. 오른쪽 손목이 완전히 나가지만 않았어도 클래블랜드에서 쉽게 놔주지 않았을 텐데."

작년에 있었던 손목 부상.

단순 부상이 아니라 고질적일 수도 있다는 충격적인 사실이 던컨 카레라스의 파워를 완전히 빼앗아 버렸다.

실제로도 시즌 초 부상을 당하고 회복 후부터는 홈런 수가 완전히 바닥으로 떨어져 버렸다.

예전이었다면 충분히 담장을 넘길 타구가 무려 80%나 야수들에게 잡혔다.

"그러니까 더 대단한 거지. 손목에 무리가 가니까 과감하게 장타력을 버리고 안타랑 출루에 더욱 집중을 하잖아."

내 말처럼 홈런을 포기한 던컨 카레라스는 3할을 넘기지 못했던 타율이 3할 3푼까지 치솟았고, 출루율도 4할을 넘겨 버렸다.

이런 던컨 카레라스의 활약이 일시적일 수도 있다 판단한 클리블랜드는 다저스와의 밀고 당기는 협상 끝에 막대한 금액에 이적을 허용한 거다.

계약 총액은 나보다 적은 던컨 카레라스였지만, 이적료를 포함하면 3억 달러가 훌쩍 넘어가 버리기에 실질적으로 이번 스토브리그에서 가장 많은 돈을 들여 영입한 선수였다.

덕분에 LA 다저스 입장에서는 역대 가장 많은 지출을 기록함으로써 제대로 된 성적을 내지 못하면 말 그대로 가루가 될 정도로 언론과 팬들에게 비난을 받을 예정이었다.

따악!

가볍게 밀어 친 타구가 3루 선상을 타고 빠져나갔다.

타격과 동시에 스타트를 끊어버린 던컨 카레라스는 매년

30개 이상의 도루 능력을 보였던 준족답게 단숨에 2루 베이스를 밟았다.

이어진 2번 타자 크레이그 바렛은 아쉽게도 아웃되고 말았지만, 2루에 있던 던컨 카레라스를 3루까지 진루시킬 수 있었다.

"시거다."

1사 3루라는 좋은 찬스 상황에서 타석에 들어선 건 LA 다저스의 프랜차이즈 스타로 이름을 떨치고 있는 코리 시거였다. 그는 클럽 하우스 내에서 손에 꼽힐 정도로 잘생긴 외모와 매너 있는 성격으로 가장 많은 여성팬을 거느리고 있는 선수이기도 했다.

실력은 두말할 것도 없다.

데뷔 이후부터 꾸준히 좋은 활약을 해주었고, 2023년에는 커리어 하이 시즌을 기록하며 내셔널리그 MVP까지 거머쥐었으니까.

"볼!"

부담이 되었을까? 아니면 작전인 걸까?

맥스 프리드는 코리 시거에게 좋은 공을 던지지 않으며 결국 볼넷으로 출루를 허용했다.

1사 1, 3루 상황에서 타석에 들어선 4번 타자는 화려한 부활을 꿈꾸고 있는 마이크 트라웃.

"설마 더블 플레이 나오는 건 아니겠지?"

형수가 걱정스럽게 물어왔다.

"아마도 그럴 일은……!"

따—악!

낮게 제구가 된 꽤 훌륭한 포심 패스트볼이었다.

93마일로 빠르진 않았지만, 맥스 프리드의 칼 같은 제구력은 정상급이었기에 쉽게 칠 만한 공이 아니다.

그런데 타석에 들어선 트라웃은 초구에 과감하게 배트를 힘껏 휘둘렀다.

—우와아아아아아아아아!

낮은 볼 킬러.

트라웃은 낮게 제구가 되는 볼을 유독 잘 치는 능력이 있었는데, 오늘 경기에서 그 능력을 유감없이 발휘했다.

더블 플레이를 노리고 몸 쪽 낮은 공을 던진 맥스 프리드의 생각을 역으로 이용한 트라웃.

묵묵하게 베이스 러닝을 하는 트라웃을 바라보며 빙긋 웃었다.

"부활의 신호탄이라 이건가."

1회부터 3점을 먼저 득점한 타자들로 인해 내 어깨는 한결 더 가벼워졌다.

초구 홈런으로 시즌 개막과 동시에 부활의 신호탄을 쏘

아 올린 트라웃의 뒤를 이어 타석에 들어선 타자는 LA 다저스 내에서 그 위치가 가장 애매한 선수인 미치 네이였다.

34살의 미치 네이는 2012년 1라운드 지명으로 토론토 블루제이스의 유니폼을 입었다.

좋은 체격과 그에 걸맞은 파워가 중심타자로서의 잠재력을 풍부하게 갖추고 있었다.

하지만 평균 이하의 3루 수비력으로 인해 빅리그 입성 당시에는 우익수로 포지션을 변경할 수밖에 없었다.

결과적으로는 우익수 수비도 어울리지 않았다.

1루수로 또 한 번 포지션을 변경하자 상대적으로 수비 부담이 줄어들면서 타격 능력이 만개했다.

2020년에는 49개의 홈런을 터트리며 홈런왕에도 올랐을 정도로 파워 하나는 메이저리그의 그 어떤 타자에게도 밀리지 않는 미치 네이다.

그러나 1루수 부문 최악의 수비율은 항상 문제로 여겨졌고, 지명타자제가 존재하는 아메리칸리그의 토론토에서는 미치 네이를 1루수가 아닌 지명타자로 활용을 시작했다.

문제는 미치 네이가 수비에 대한 미련을 버리지 못하면서 구단과의 마찰이 일어났고, 그 틈을 노리고 2022년 LA 다저스에서 이적 영입에 성공한 거다.

따악!

"백투백!"

형수가 벌떡 일어나며 소리쳤다.

흔들렸다.

트라웃에게 1회부터 3점 홈런을 맞았다는 점이 내셔널리그 정상급 투수인 맥스 프리드의 칼 같은 제구력을 흔들어 놨다.

약간 높은 코스의 몰린 슬라이더를 미치 네이는 홈런왕 출신답게 깨끗하게 좌중간 담장을 넘겨 버렸다.

"파워는 역시 의심할 여지가 없네!"

형수의 말처럼 파워는 여전히 막강한 미치 네이다.

문제는 수비력과 큰 스윙으로 인한 타율 저조 현상이다.

2022년 7년 1억 6500만 달러에 LA 다저스와 계약을 한 미치 네이는 연평균 2,400만 달러 가까이 받는다.

이적 후에도 매년 30개 이상의 홈런을 터트려 주고 있기는 했지만, 타율은 2할 3푼 정도로 저조했고, 출루율도 3할을 넘긴 적이 없었다.

홈런의 질도 결코 좋다고 부르기가 힘들었다.

매년 30개 이상 터트려 주고 있지만, 치열한 승부의 추를 돌려놓는 동점이나 역전 홈런, 쐐기를 박는 홈런 등은 손에 꼽힐 정도였고, 대부분이 승부의 추가 확실하게 기울어졌을 때 터졌다.

요란하기만 한 빈 수레라고 할까?

상황이 그렇다 보니 미치 네이를 포기하자니 그의 자리를 대신할 1루수 거포가 마땅히 없었고, 계속 안고 가자니 해주는 것에 비해 연봉이 너무 높았기에 구단 내에서 가장 애매한 선수가 바로 미치 네이였다.

슬쩍 형수를 바라봤다.

'1루로 전향을 한다면……'

경쟁력이 생긴다.

우선 형수는 1루수를 맡기에 미치 네이보다 더 좋은 체격 조건을 갖추고 있었다.

파워만 따지면 형수도 결코 부족하지 않다.

포수를 포기하고 파워를 키우기 시작하면 미치 네이를 능가할 수도 있을 정도로 월등한 체력과 성장 가능성이 있다.

수비 능력도 포수였던 걸 감안하면 미치 네이보다는 훨씬 좋을 수도 있다.

내 생각처럼 다저스 코치들도 형수에게 은근히 포지션 전향에 대한 논의를 가졌다.

하지만 형수는 무조건 절대 반대였다.

극단적으로 야구를 포기한다 하더라도 포수를 포기하지 않겠다는 불굴의 의지를 보이며 코치들의 기대를 과감하게 무너트려 버렸다.

이후, 빌 맥카티와 루이스 토렌스가 뜬공과 삼진으로 물러나며 이닝이 종료됐다.

트라웃과 미치 네이의 백투백 홈런으로 인해 순식간에 스코어가 4점으로 차이가 났다.

신인 투수, 거기에 개막전 데뷔 무대치고는 상당히 긴장감이 완화된 경기로 변하고 말았다.

2회 초, 선두 타자로 나온 샌디에이고의 4번 타자는 올스타 유격수 월리 아다메스.

수비 능력, 타격 능력, 장타력, 주루 능력, 송구 능력. 모든 것이 평균 이상의 유격수였기에 그 가치가 상대적으로 높게 평가를 받을 수밖에 없는 선수였다.

일부 전문가들은 월리 아다메스가 포지션 특성에 대한 메리트를 유지하기 위해 유격수를 고집하고 있다고 말을 할 정도였다.

부웅!

탬파베이 레이스 유망주 시절부터 볼 카운트에 대해서는 상당히 공격적이었던 월리 아다메스는 지금도 마찬가지였다.

볼 카운트가 유리하든, 불리하든 상관하지 않고 눈에 들어온다 싶은 공에는 여지없이 배트를 휘둘렀다.

그런 성격을 고치고자 탬파베이에서 3볼 이후 배트를 휘두르면 500달러의 벌금을 부여했지만, 소용없었다.

부—웅!

"스윙! 아웃!"

몸 쪽으로 파고들며 떨어지는 체인지업에 헛스윙을 한 윌리 아다메스가 침을 뱉고는 더그아웃으로 돌아갔다.

5번 타자로는 우익수 호마 레예스가 타석에 들어섰다.

실질적으로 윌리 아다메스보다 4번 타자에 더 적합한 파워, 정교한 타격 능력을 갖춘 호마 레예스를 상대로 포심 패스트볼과 컷 패스트볼로 카운트를 잡아내곤 파워 커브로 헛스윙을 이끌어 냈다.

떨어지는 커브에 배트가 살짝 닿았지만, 바운드가 되기 전 토렌스가 공을 잡아내면서 파울팁으로 삼진 판정을 받고 말았다.

다섯 타자 연속 삼진.

그리고 두 눈에 불덩어리라도 넣은 듯 이글거리는 눈동자로 타석에 들어서는 선수.

오스틴 헤지스.

샌디에이고 파드리스를 떠올리면 자연스럽게 떠오르는 선수, 캡틴 헤지스.

2011년 2라운드 지명으로 샌디에이고와 계약을 했고, 놀라운 성장세를 기록하며 2015년 메이저리그 데뷔, 2016년 부터는 주전 포수로 굳건하게 자리를 지킨 오스틴 헤지스다.

공수에 걸쳐 어느 한 부분도 부족함이 없어 골드 글러브 2회, 실버 슬러거 3회에 빛나는 공수 만능형 포수다.

올스타에도 3차례나 선정됐을 정도로 샌디에이고에서는 가장 많은 팬을 보유한 선수가 오스틴 헤지스다.

포수답게 탄탄한 체격을 가진 오스틴 헤지스은 타석에 서자 날 녹여버릴 것처럼 타오르는 눈으로 노려보고 있었다.

1회부터 신인 투수, 그것도 처음 메이저리그 무대에 데뷔를 하는 투수에게 4점 차 리드를 당하고 있으니 샌디에이고의 주장이자 포수인 오스틴 헤지스의 입장에서는 자존심이 상할 수밖에 없을 거다.

더군다나 1번부터 5번까지 한 명도 빼놓지 않고 삼진을 당했으니 오죽할까?

4점 차이라고 하더라도 아직 2회 초일 뿐이다.

벌써부터 추격을 포기한다는 건 말이 안 되는 소리다.

더욱이 상대가 신인 투수인 점을 감안하면 오스틴 헤지스의 노림수가 무엇일지는 묻지 않아도 뻔했다.

부웅!

나에 대한 자료는 충분히 숙지했을 거다.

너무나도 공격적인 투구 스타일인데, 4점이라는 큰 점수 차이로 리드까지 하고 있다.

거기에 지금까지 모든 타자들을 삼진으로 잡았다.

그 여느 때보다도 자신감 있는 공격적인 투구를 할 것이라는 건 세 살배기 아이라도 쉽게 예측이 가능하다.

실제로 나 역시 그럴 생각이었다.

하지만 나를 리드해 주고 있는 토렌스는 아니었다.

철저하게 유인구 승부를 요구해 왔다.

결과적으로 스트라이크 존을 벗어나는 유인구에 오스틴 헤지스는 헛스윙을 하다 삼진을 당하고 말았다.

만약 유인구 승부가 아닌 정면으로 승부를 벌였다면 안타를 맞았을지도 모를 정도로 공격적인 배트 스윙이었다.

"3회는 쉬는 타이밍이다."

더그아웃으로 들어가는 동안 토렌스가 나를 바라보며 씨익 웃었다.

메이저리그라 하더라도 하위 타선은 어쩔 수 없다.

일부 특정 구단만 강력한 하위 타선을 자랑할 뿐이지, 웬만한 구단은 비슷비슷하다.

특히, 지명타자제가 없어 투수가 9번 타자 역할을 해야 하는 샌디에이고의 하위 타선은 토렌스의 말대로 쉬어가는 이닝이라고 불러도 좋았다.

다만.

부웅!

"타자 아웃!"

다저스 역시 다를 게 없다는 사실이다.

8번 타자 웨인 스테인의 뒤를 이어 나 역시 타석에서 허무하게 선풍기질을 하고 터덜터덜 더그아웃으로 돌아오니 형수가 어깨를 툭툭 치며 위로했다.

"투수가 공만 잘 던지면 됐지. 타격까지 바라는 건 진짜 욕심이다."

길었던 1회 말 공격과는 다르게 2회 말 공격은 빠르게 지나갔다.

1번 타자, 던컨 카레라스가 투 아웃 상황에서 또다시 안타를 쳤지만, 2번 타자 크레이그 바렛의 외야 뜬공으로 공격이 마무리되고 3회 초 수비를 위해 마운드로 올라갔다.

2회까지 너무나도 완벽한 투구를 보여줬기 때문인지 홈 팬들의 박수 소리가 커다랗게 울렸다.

그 박수 소리에 보답이라도 하듯, 3회 초에도 7, 8, 9번의 타자를 모두 삼진으로 돌려세웠다.

특히 앞선 타자들과는 다르게 강력한 포심 패스트볼을 던져 구속과 구위로 찍어 누르는 모습이 굉장히 인상적이었던지, 마운드를 내려가는 동안 경기장을 찾은 모든 팬들이 우레와도 같은 기립 박수까지 쳐주며 환호성을 내질렀다.

더그아웃으로 돌아오자 게레로 감독이 가장 먼저 날 반겨줬다.

절대 반갑지 않은 진한 포옹으로 나를 안아주어 날 당황하게 만들었고, 뒤이어 코치들과 선수들 모두 나에게 찬사를 보내며 엄지손가락을 치켜세웠다.

솔직히 당황스러울 정도의 행동들이었다.

감독부터 코치, 선수들까지의 강도 높은 환대의 이유는 형수에게 들었다.

"메이저리그 최초라고?"

"그래! 넌 도대체 어떻게 된 인간 아니, 괴물이기에 메이저리그 데뷔전부터 이런 말 같지 않은 기록을 세우는 거야!"

9타자 연속 삼진 기록.

연속 타자 삼진 기록으로 따지면 10명의 타자를 연속으로 잡아야만 하지만 내가 세운 기록은 경기 시작과 동시에 연속 타자 삼진 기록이라는 점이다.

종전 기록은 2014년 뉴욕 메츠의 제이콥 디그롬과 1986년 휴스턴 애스트로스의 짐 드샤이스가 기록한 8타자 연속 삼진이다.

나중에 알게 된 재밌는 사실은 제이콥 디그롬은 그해 신인 투수였고, 짐 드샤이스는 상대 팀이 LA 다저스였다는 사실이다.

어쨌든 메이저리그 데뷔전부터 새로운 기록을 갈아치우고 말았다.

더 중요한 사실은, 앞으로 한 명만 더 삼진으로 잡으면 10연속 탈삼진이라는 대기록의 공동 주인공이 된다는 점이다.

무엇보다 10연속 탈삼진의 기록이 무려 1970년(톰 시버)의 기록이라 오늘 내가 새로운 기록을 세우게 된다면 57년 만의 기록이라는 사실이었다.

"반세기만의 신기록이라니."

차라리 듣지 못했다면 좋았을 걸 하는 생각이 머릿속에 맴돌았다.

대기록을 눈앞에 두고 있자, 타자들의 타격 모습이 눈에 제대로 들어오지도 않았다.

코리 시거와 트라웃의 연속 안타와 미치 네이와 빌 맥카티의 연속 삼진, 마지막으로 토렌스가 내야 땅볼을 침으로써 득점 찬스를 허무하게 날려 버렸음에도 아쉬운 마음 따윈 하나도 들지 않았다.

한국에서는 기록에 대한 욕심이 솔직히 조금도 없었다.

그런데 이상하게도 오늘은 달랐다.

메이저리그라서 그런가?

어쩌면 그럴지도 모른다.

세계 최고의 프로 리그인 메이저리그에서 무려 반세기만에 새로운 기록의 주인공이 될지도 모른다고 생각하니 아무리 심장을 진정시키려 해도 좀처럼 가라앉질 않았다.

"후우우우."

마운드에 서서 크게 호흡을 내뱉었다.

관중들의 박수 소리와 환호 소리가 천둥처럼 고막을 파고들자, 가까스로 진정시켰던 심장 박동이 다시금 맹렬하게 뛰기 시작했다.

채 마음을 다스리지도 못한 상황에서 샌디에이고 1번 타자 마누엘 마고가 타석에 들어섰다.

토렌스의 미트질에 완전히 농락을 당했던 마누엘 마고는 타석에 들어서기 전부터 딱딱하게 굳은 얼굴을 하고 있었다.

그 역시 알고 있다.

내가 엄청난 대기록에 도전하고 있다는 사실을. 무엇보다 마누엘 마고는 시작점이었다. 그리고 타이기록의 종점이다.

타자의 입장에서 절대 기분 좋을 리가 없다.

이건 치욕스러운 일이다.

타석에 선 마누엘 마고는 홈 플레이트에 바짝 붙어 섰다.

몸 쪽 공에 대한 견제의 의지다.

삼진을 당하느니 차라리 몸에 맞는 공으로 출루를 하고 말겠다는 뜻이고, 투수인 나에 대한 압박이기도 하다.

지금은 타자만큼이나 투수 역시 긴장하고 있을 때라는 걸 떠올리면 아주 훌륭한 작전이었다.

다른 때라면 몸 쪽으로 아무렇지도 않게 공을 던졌을 텐데.

지금은 솔직히 거부감이 들었다.

초구는 포심 패스트볼로 스트라이크 존을 살짝 벗어나는 낮은 코스다.

딱!

마누엘 마고의 배트가 한 점의 망설임도 없이 나왔다.

타구가 1루 라인을 크게 벗어나며 관중석으로 들어갔다.

삼진은 안 된다.

차라리 범타를 당하더라도 어떻게든 타구를 만들어 낸다.

마누엘 마고의 눈빛이 그렇게 말하고 있었다.

"볼!"

토렌스의 신들린 미트질로도 커버를 할 수 없을 정도로 낮은 파워 커브에 마누엘 마고는 꼼짝도 하지 않았다.

아무리 스트라이크 존을 넓게 잡고 있다 하더라도 완전히 벗어나는 볼에 배트를 휘두를 정도로 흥분한 상태가 아니라는 걸 알려줬다.

3구는 바깥쪽으로 빠지는 컷 패스트볼.

토렌스가 요구한 코스는 살짝 걸치는 스트라이크 판정의 공이었지만, 제구가 되질 않았다.

정말 절묘하게 걸려야 한다는 사실이 부담이 된 건지, 기록에 대한 부담감 때문인지 오늘 던진 공 중 처음으로 내 컨트롤을 벗어난 공이 되고 말았다.

"후우우."

털어내자, 털어내야 한다.

기록에 대한 미련을 털어내야 한다고 수없이 다짐을 한다.

두근거리는 심장을 추스르기 위해 천천히 로진백을 손에 묻히면서 호흡을 가다듬었다.

그러나 피처 플레이트에 발을 올려놓으면 여지없이 심장 박동이 빨라졌다.

어디 그뿐인가?

스트라이크 존이 굉장히 좁게 느껴졌다.

심리적인 압박감이 이런 건가라는 생각이 머릿속을 채웠다.

"볼!"

또다시 볼이 나왔다.

토렌스의 미트질이 나왔다.

코스도 좋았고, 미트질도 훌륭했다.

그런데 상황이 상황이다 보니 심판의 눈이 매의 눈이라도 된 것처럼 칼 같은 판정을 내놓았다.

당연한 판정임에도 아쉬운 마음이 들었다.

3볼이다.

초구에 파울 타구가 나온 것을 더하면 1스트라이크 3볼 상황이다.

마누엘 마고의 표정이 처음보다 한결 풀려 보였다.

나를 바라보는 눈빛 또한 확실하게 여유로워져 있었다.

여기서 볼넷을 준다면?

생각하기도 싫은 가장 최악이 상황이다.

기록을 의식한 소극적인 피칭!

부끄러운 투구다.

하지만 여기서 스트라이크를 던진다는 건 마누엘 마고에게 원하는 공을 던져 주는 짓이다.

안타를 맞을 확률이 엄청나게 높을 수밖에 없다.

그렇다고 어설프게 유인구를 던지자니 컨트롤에 대한 확신이 들지 않았다.

'어쩌지?'

내가 고민하는 사이, 토렌스가 사인을 보내왔다.

포수 미트 밑으로 살짝 보이는 검지 하나.

포심 패스트볼이다.

코스는?

없다.

사인이 없다는 건 한가운데라는 뜻이다.

이런 중요한 상황에서 한가운데 포심 패스트볼을 던져라?

왼발을 뒤로 빼고 다시 로진백을 손으로 주물렀다.

그러는 사이 타임 요청과 함께 토렌스가 마운드로 올라왔다.

"겁나는 거야?"

"뭐라고요?"

"왜 안타를 맞을까 봐 겁나? 대기록 앞에 서니까 새가슴이라도 된 모양이지?"

토렌스의 말에 눈을 찌푸렸다.

"기록을 의식해서 집중하는 건 좋지만, 기록에 연연하는 건 절대 좋지 않아. 코쇼, 네 구위를 믿고 던져. 네가 가진 가장 강력한 포심 패스트볼로 타자를 찍어 누르란 말이야."

코쇼. 몇몇 선수들이 나를 부르는 또 다른 이름이다.

코리아 쇼크의 앞 글자만 따서 부르는 말인데, 얼핏 들으면 커쇼라고 들리기도 했다. 이 때문에 몇몇 나를 고깝게 여기는 투수들은 비아냥거리기도 했다.

가장 강력한 포심 패스트볼을 던져 달라는 토렌스의 말에 나는 고개를 끄덕였다.

"잘 받아요. 정말 온 힘을 다해서 던질 테니까."

내 말에 토렌스가 걱정말라는 듯 내 어깨를 툭 치고는 자신의 자리로 돌아갔다.

관중석을 향해 시선을 돌렸다.

구단 측에서 마련해 준 좋은 위치에 부모님과 지아, 황병익 대표, 최상호 코치가 일어서서 날 바라보고 있었다.

먼 미국 땅까지 와서 응원을 해준 소중한 사람들 앞에서 이게 무슨 부끄러운 모습인가.

'기록에 연연을 했다고?'

그런 것 같다.

메이저리그라고 기록에 대한 욕심을 부렸던 것 같다.

이제 메이저리그에 첫발을 내딛었는데 벌써부터 기록이라니.

기록 따윈 열심히 마운드에서 공을 던지다 보면 언제든

달성할 수 있는 것 아니던가.

안타를 맞든, 홈런은 맞든 당당하게 자신의 공을 던질 줄 알아야 하는 게 투수다.

피처 플레이트에 발을 올려놓고 토렌스의 미트만 바라봤다.

이것저것 생각할 필요 없이 내가 던질 수 있는 가장 좋은 공, 포심 패스트볼을 꽂아 넣는다.

천천히 와인드업을 하며 힘을 모은 후, 체중 이동을 하며 힘껏 공을 던졌다.

아니, 손끝에서 쏘아 보냈다고 하는 표현이 더 어울릴 것 같았다.

쇄애애애애애액!

퍼―어어엉!

부웅!

바람을 가르는 공, 포수 미트를 뚫어 놓을 것 같은 포구음, 허무하게 돌아가는 배트.

―우와아아아아아아!

관중석에서 엄청난 함성이 터져 나왔다.

재빨리 뒤를 돌아 전광판을 바라본 나는 내 눈을 의심해야만 했다.

102mph

102마일. 164㎞.

공식적으로 지금까지 내가 던졌던 가장 빠른 구속이 나왔다.

타석에 서 있는 마누엘 마고의 표정이 타석에 들어설 때보다도 더욱더 딱딱하게 굳어 있었다.

여유롭던 그의 표정이 한순간에 변한 걸 확인하니 괜히 기분이 즐거워졌다.

이제 서로의 상황이 바뀌었다.

쫓기던 입장에서 쫓아가는 입장으로 바뀐 거다.

타석에 선 마누엘 마고의 모습이 무척 작게 느껴졌다.

그리고 한 번 더 불같은 강속구를 던졌다.

"스트라이크! 타자 아웃!"

몸 쪽을 예리하고 파고들어 간 98마일의 포심 패스트볼에 마누엘 마고는 꼼짝도 하지 못하고 삼진을 당하고 말았다.

마누엘 마고는 가장 높은 경계의 산이었다.

2번 타자 산티노 벨은 이미 102마일의 강속구에 잔뜩 위축되어서 이렇다 할 타격을 제대로 해보지도 못하고 체인지업에 헛방망이질을 하며 어깨를 늘어트리며 더그아웃으로 돌아가야만 했다.

57년 만에 11타자 연속 삼진이라는 대단한 기록이 작성
되었다.

이어진 도미닉 스미스까지 삼진을 당하며 기록은 계속해
서 이어졌다.

*　　　*　　　*

12타자 연속 삼진.

그리고 아직까지 깨지지 않고 이어지고 있는 기록.

4회 초 수비를 마치고 더그아웃으로 돌아오니 주변 분위
기가 차분하게 가라앉아 있었다.

항상 밝은 분위기로 선수들을 독려하는 게레로 감독조차
조심스럽게 날 맞이해 줬고, 다른 코치들과 선수들 역시도
마찬가지였다.

대기록을 이어가고 있는 나에 대한 배려인 셈이다.

고맙긴 하지만 한편으로는 부담스럽기도 하다.

"커, 컨디션은 괘, 괜찮지?"

형수마저 어울리지 않게 말까지 더듬거리고 있었다.

애써 신경을 쓰지 않는 척하는 모습이 더 우습게 보였다.

웃기는 건 형수의 말에 더그아웃의 모든 선수들과 감독,

코치들까지 귀를 기울이고 있다는 사실이다.

일부 선수 중에는 왜 쓸데없이 말을 걸었냐는 질책의 눈빛까지 보내고 있을 정도였다.

"안 괜찮으면? 나 대신 마운드에 올라가려고?"

"뭐?"

깜짝 놀라며 나를 바라보는 형수와 마찬가지로 놀란 눈으로 날 쳐다보는 선수들의 모습에 실없는 장난을 한 내가 더 놀랄 정도였다.

"뭘 그렇게까지 놀라는 거야? 농담이잖아, 농담."

모두 들으라는 듯 그렇게 말하자 놀란 눈으로 날 쳐다보던 선수들은 하나 같이 질렸다는 듯 고개를 흔들며 애써 시선을 돌렸다.

"너는 지금 상황에서 그런 농담이 나오냐?"

형수가 영어가 아닌 한국어로 그렇게 말하며 날 타박했다.

"뭐 어때서?"

"너 지금 열두 타자 연속 삼진이야. 메이저리그 신기록이라고! 앞으로 네가 한 명, 한 명 삼진을 계속해서 잡을 때마다 그게 곧 역사가 되는 일인데 긴장도 안 되냐? 그런 실없는 농담이 나오냐고! 아무리 다이아멘탈이라 하더라도 그렇지."

고개를 좌우로 흔들며 숨을 푹푹 내뱉었다.

삼진을 잡을 때마다 역사가 된다.

기분 좋은 소리다.

그만큼 모든 사람들이 내가 던지는 공 하나하나에 집중을 한다는 소리다.

"참, 지금 방송도 난리가 났다더라. 실시간으로 네 투구 영상이 미국 전역에 중계가 된단다."

"오늘 전국 중계 아니잖아?"

"당연히 아니지. 메이저리그 개막일이니 지역 방송국마다 담당 구단의 개막전 경기를 생중계해야지. 그런데도 일부 지역 방송국들이 KCAL—TV에 다급하게 중계권을 사서 생방으로 중계를 한다고 아까 구단 직원이 그렇게 말하더라."

KCAL—TV는 LA 다저스 구단과 중계권 계약을 독점하고 있는 LA 지역 방송사다.

전국 생중계 방송.

한국 프로 야구를 즐기는 팬들에게는 무슨 뜬금없는 소리냐 싶겠지만, 미국이라는 땅덩어리가 워낙 큰 나라는 각 지역마다 케이블 방송사가 따로 있었기에 전국 동시 생중계라는 건 웬만해선 쉬운 일이 아니다.

더욱이 형수의 말대로 오늘은 메이저리그 개막전이다.

시차 문제로 인해 지역마다 경기 시간이 다르지만, 그렇다고 LA 다저스의 개막전을 생방으로 중계하는 지역은 그리 많지 않다.

때문에 메이저리거에게는 두 부류의 스타가 존재한다.

지역구 스타와 전국구 스타.

LA 다저스에서 아무리 유명하고 많은 연봉을 받더라도 내셔널리그를 벗어나면 인지도가 거의 없는 선수로 전락하는 경우를 지역구 스타라고 한다.

그게 말이 되냐 싶지만, 미국에서는 말이 된다.

지역구 스타가 전국구 스타가 되기 위한 가장 빠른 길은 올스타에 선정이 되거나, 각종 기록에서 순위권에 드는 일뿐이다.

그게 아니라면 아주 드문드문 주어지는 전국 방송을 계기로 확실하게 인지도를 쌓는 방법밖에 없다.

"데뷔전부터 전국구 스타로 떠오르겠구나."

"몸값 자체가 전국구 스타잖아."

"…너 어디 아프지? 이런 중요한 경기에 실없는 농담을 자꾸 하는 게… 서, 설마 너?"

"뭐?"

형수가 잠시 주변을 두리번거리더니 내 귀에 속삭였다.

"금지 약물 복용한 건 아니지? 너 지금 약 기운에 공 던지는 거 아니지?"

형수의 말 같지 않은 소리에 녀석의 머리통을 냅다 후려 갈겼다.

평소라면 절대 하지 않을 행동이었지만, 이번에는 나도 모르게 너무 어처구니가 없어서 말보다 손이 먼저 나가고 말았다.

"미쳤냐!"

"끙."

그래도 제 잘못은 아는지 형수가 반발하지 않고 가만히 제 머리만 매만졌다.

"넌 떨리지도 않냐? 어떻게 그렇게 태연할 수 있냐? 나였으면 지금 신경이 잔뜩 곤두서서 누가 말만 걸어도 감정을 조절할 수 없을 텐데."

이해한다.

지극히 정상적인 모습이니까.

하지만 마누엘 마고에게 한가운데 포심 패스트볼을 던지면서 모든 불안, 걱정, 기대, 집념, 욕심 등을 모두 함께 내던졌다.

메이저리그의 역사를 새로 쓸 기록을 세웠지만, 언제고 누군가에게 결국은 깨어질 기록이다.

기록에 연연한다고 당장 구속이 늘어나는 것도 아니고,

구위가 좋아지는 것도 아니고, 제구력이 나아지는 것도 아니며, 내가 던지는 변화구가 마구로 변하는 것도 아니다.

오히려 반대다.

심리적으로 긴장감과 압박감을 받으면 자연적으로 신체에도 문제가 생긴다.

무엇보다 투수라는 예민한 포지션의 특성상 멘탈이 흔들리면 그것으로 끝이다.

내려놓으면 된다.

타자 한 명, 한 명을 상대로 기록보다는 최선을 다한다는 생각으로 공을 던질 뿐이다.

어차피 삼진은 아웃 카운트를 잡아내는 방법 중 하나일 뿐이고, 안타나 홈런 등을 생각하면 타자와의 승부에서 삼진을 잡아낸다는 건 극히 적은 확률 중 하나였다.

매번 그 적은 확률을 기대하며 삼진을 잡는다?

지극히 어려운 일이다.

당장 다음 수비에서 선두 타자에게 삼진을 잡는 것보다 다른 방법으로 안타나 아웃 카운트를 가져올 확률이 수십 배나 높았다.

작은 확률에 집착해서 경기 자체를 망치는 바보스러운 투수가 되고 싶은 마음은 눈곱만큼도 없었다.

"물 줄까? 아니면 음료로 줄까?"

형수가 옆에서 시중이라도 들겠다는 듯 그렇게 물어왔다.

"유난스럽게 굴지 말고 그냥 평소처럼 해."

"그래도 어떻게 그러냐. 다른 것도 아니고 대기록을 이어나가고 있는 사람한테……."

형수의 말을 흘려들으며 몸을 일으켰다.

4회 말 LA 다저스의 공격이 8번 웨인 스테인부터 시작되기 때문이다.

헬맷을 쓰고 배팅 장갑을 끼고는 구단에 주문을 해놨던 나무 배트를 들고 대기 타석에서 스윙 연습을 했다.

시간을 쪼개가며 배팅 연습을 하고 있었지만, 솔직히 큰 효과는 없었다.

어렸을 때는 타격에 대한 감각이 나쁘지 않다 여겼지만, 어디까지나 고만고만한 수준의 투수들을 상대로 했을 때의 이야기였다.

메이저리그라는 세계 최고의 투수들 앞에서는 하잘것없는 감각이었다.

웨인 스테인이 2루수 땅볼로 아웃이 되며 물러나자, 내가 타석에 들어섰다.

'눈빛으로 죽이겠네.'

마운드 위에 서 있는 맥스 프리드의 눈초리가 굉장히 사나왔다.

상처 입은 맹수처럼 날 노려보는 모습이 섬뜩할 정도였다.

1회 4점을 내준 이후부터는 안정적으로 마운드를 지키고 있었지만, 상대 투수가 워낙 압도적이다 보니 꽤나 자존심이 상한 듯 보였다.

지극히 주관적인 해석이지만 말이다.

쇄애애액!

퍼엉!

"볼!"

몸 쪽으로 심하게 붙는 볼에 화들짝 놀라며 타석에서 물러났다.

맥스 프리드의 몸 쪽 볼이 나오자 관중들이 욕설과 함께 비난을 퍼부으며 맥스 프리드를 압박했다.

다른 누구도 아닌 투수를 상대로 몸 쪽 볼이라니.

관중들의 야유와 욕설에도 불구하고 맥스 프리드는 날 노려보고 있었다.

'여기서 내 기를 죽이겠다는 거군.'

아니면 반대로 날 흥분하게 만들겠다는 의도거나.

어떤 노림수든 맥스 프리드의 개인의 행동이라고 보기엔 무리가 있었다.

더그아웃에서 나온 작전일 가능성이 상당히 높았다.

타석에서 물러난 상태에서 힘차게 배트를 3, 4번 휘둘렀다.

보란 듯이. 몸 쪽으로 던지든 말든 상관하지 않고 타격을 하겠다는 의지를 보였다.

아니나 다를까, 맥스 프리드의 눈이 일그러졌다.

타석에 서서 타격 자세를 취하자 다시 공이 날아왔다.

이번에도 몸 쪽이다.

그런데 볼이 아니라 스트라이크였다.

전광판을 바라보니 92마일이라고 찍혀 있었다.

여전히 체감하기에는 95마일 이상처럼 느껴졌다.

이런 공을 약간의 연습만으로 쳐낸다? 정말 욕심이다.

세 번째 공이 날아왔다.

포심 패스트볼이라 여기고 힘껏 배트를 휘둘렀다.

따악!

손바닥을 타고 팔까지 강한 진동이 왔다.

혹시나 싶어 기대를 갖고 타구를 바라봤지만, 역시나 타구는 3루 라인 선상 바깥으로 휘어져 나갔다.

이번에도 몸 쪽 스트라이크 존을 통과하는 공이었다.

'그나마 건드리는 건 가능하네.'

살짝 자신감이 들었다.

하지만 뒤이어 날아온 낮게 떨어지는 체인지업에 허망하게 헛방망이질을 하며 삼진을 당하고 말았다.

처음에 이어서 두 번째로 삼진을 당하니 기분이 썩 좋지만은 않았다.

살짝 기분 나쁜 표정으로 더그아웃으로 돌아오자 형수가 한마디를 했다.

"열두 번이나 삼진을 시켜놓고 달랑 두 번 삼진 당했다고 불만스러운 표정이라니… 도둑놈이 따로 없네."

형수의 말에 피식 웃음이 나오고 말았다.

2번이나 안타를 치고 출루를 했던 던컨 카레라스가 3번째 타석에서는 1루수 땅볼로 아웃이 되며 5회 초 샌디에이고의 공격으로 바뀌었다.

"레코드 차! 가서 불멸의 기록을 한 번 세워봐!"

형수가 더그아웃에서 그렇게 외쳤다.

"레코드 차는 또 뭐야."

미국에 와서 늘어난 거라고는 몸무게와 이상한 별명들뿐이었다.

Chapter 8

한국은 말 그대로 난리가 났다.

처음 차지혁이 LA 다저스 개막전 선발 투수로 경기에 나간 다고 할 때까지만 하더라도 기대만큼이나 우려심도 컸다.

미국만큼 비관적이진 않았고 일본만큼 조롱기 섞인 비웃 음은 없었지만, 시범 경기에서 보여줬던 경기력에 실망을 한 한국 팬들이 적지 않은 건 사실이었다.

다수의 팬들은 차지혁이 편안한 경기에서 등판하길 원했다.

아무리 한국 무대를 초토화시켰다 하더라도 시범 경기에 서 보였던 경기력은 확실히 메이저리그의 높은 벽을 실감하게 만들었고, 그만큼 차지혁에 대한 걱정과 불안함이 클 수밖에 없었다.

때문에 데뷔전으로 샌디에이고 파드리스라는 상대적인 약팀은 분명 좋았으나, 개막전 선발은 심리적인 부담감이 너무 클 것이라고 예상했다.

그렇게 시작된 개막전 데뷔 경기는 한국의 모든 공공장소부터 시작해서 생방송으로 전파를 탔다.

첫 타자를 상대로 3구 삼진을 잡았을 때, TV나 라디오, 인터넷을 통해 경기를 실시간으로 중계 받던 모든 국민들이 환호성을 내질렀다.

그렇게 1회, 2회, 3회, 그리고 메이저리그 신기록을 세운 4회가 지나가자 한국 언론과 인터넷은 말 그대로 마비가 될 정도로 차지혁의 경기 이야기로 들끓었다.

오죽했으면 각종 방송사마다 방송 화면 하단에 속보라며 차지혁의 메이저리그 신기록을 전할 정도였다.

야구에 관심이 없던 사람, 차지혁이라는 이름만 들어봤던 사람, 경기를 모르고 있던 사람 등등 대한민국 국민이라면 거의 대부분이 이제는 LA 다저스 개막전에 관심을 기울이고 있었다.

그중에서도 특히 대박이 난 곳이라면 단연 LA 다저스와 중계권 계약을 하고 있는 MSB 방송국이었다.

"황 부장! 황 부장!"

부장실 문이 벌컥 열리면서 50대 중반의 남성이 난입했다.

"국장님!"

"차지혁 중계 보고 있었던 거야?"

"물론입니… 삼진입니다! 삼진!"

5회 초, 샌디에이고의 공격을 막기 위해 마운드에 오른 차지혁은 선두 타자인 4번 타자 윌리 아다메스를 강력한 체인지업으로 삼진을 잡아냈다.

"또다시 기록 경신이군!"

"열세 번째 연속 삼진입니다, 국장님!"

"정말 대단한 놈이야!"

국장은 혀를 내두르며 TV를 바라봤다.

"그런데 국장님께서 여기까진 무슨 일이십니까?"

"아! 그렇지! 특집 방송 편성해!"

"예?"

"차지혁 특집 방송을 편성하라고! 다른 곳도 아니고 메이저리그에서 역사에 남을 대기록을 달성한 선수잖아! 이런 좋은 기회가 어딨어? 이건 사장실에서 직접 내려온 지시니까 무조건 특집 방송 편성해! 2부작, 아니 4부작이든 6부작이든 차지혁에 관한 특집 방송을 편성하도록 해! 인력은 부서 상관없이 마음껏 데려다가 팀 만들고, 필요한 경비도 마음껏 갖다

써! 3일 안으로 기획서 만들어서 내 방으로 가져오고… 아! 당장 LA로 사람 보내서 인터뷰 따오고!"

국장의 말에 황 부장이 난감하다는 얼굴로 대꾸했다.

"그게 쉽지 않습니다."

"뭐?"

"국내에 있을 때부터 그랬습니다. 차지혁은 시즌 중 웬만해서는 언론과 인터뷰를 하지 않기로 소문난 놈입니다. 오죽하면 CF도 모조리 거절했겠습니까? 인터뷰도 힘든데 특집 방송은… 거의 불가능하다고 보시면 됩니다."

"출연료 최고 등급으로 책정하고……."

"국장님, 차지혁 연봉이 얼만지 모르십니까? 출연료에 넘어갈 사람이 아닙니다."

황 부장의 말에 국장이 입을 다물었다.

말 그대로 출연료 몇 푼에 방송 출연은 힘들었다.

거기에 유명세를 얻고자 방송용 카메라에 얼굴을 비출 사람도 아니다.

국장은 황 부장의 얼굴을 가만히 바라보다 이내 버럭 소리를 내질렀다.

"무슨 수를 써서라도 특집 편성해!"

방을 나가 버리는 국장의 모습에 황 부장의 얼굴이 잔뜩 일그러졌다.

—스, 스윙! 스윙입니다! 파워 커브에 오스틴 헤지스의 배트가 분명히 나왔습니다! 스윙이 아니라며 거칠게 반발을 하지만 이미 주심과 선심 모두 스윙 판정을 내렸습니다! 차지혁 선수 대단합니다! 5회에도 연속 삼진 행진을 이어나가며 이것으로 열다섯 타자 연속 삼진이라는 전무후무한 불멸의 기록을 이어나가고 있습니다!

＊　　　＊　　　＊

　6회 초 샌디에이고 파드리스의 공격.

　다저 스타디움은 고요했다.

　관중석의 빈자리를 찾아볼 수 없을 정도로 꽉 찬 관중들의 낮은 호흡소리만이 울려 퍼지고 있었다.

　툭. 툭. 툭. 툭.

　로진백을 왼손에 묻히며 심호흡을 했다.

　1회부터 5회까지 모든 타자들을 삼진으로 잡았다.

　기록보다는 오늘 경기에 집중하며 던진 결과였다.

　컨디션이 좋았던 것도 이유 중 하나고, 1회부터 토렌스의 신들린 미트질에 큰 도움을 받으며 자신감을 얻은 것도 이유 중 하나며, 흔들릴 수 있었던 시점에 내 심적 안정을 찾아준 토렌스의 조언도 이유 중 하나였다.

'오늘 토렌스가 아니었다면 이런 말 같지도 않은 기록이 나오지도 못했겠네.'

지금까지 최고의 수훈 선수를 뽑으라면 난 자신 있게 토렌스라고 말할 수 있다.

형수가 아니어서 아쉽다고 생각했던 경기 전이 토렌스에게는 너무나 미안할 정도다.

그리고 확실히 형수는 아직 한참 멀었다는 걸 오늘 경기를 통해 똑똑히 깨달았다.

포수라는 위치가 갖는 존재감과 무게감이 얼마나 막대하고 무거운 것인지를 확실하게 느끼고 있는 경기다.

지금까지 15타자 연속 삼진.

더그아웃 누군가의 말처럼 앞으로 절대 깨지지 않을 불멸의 기록일지도 모른다.

실제로 15명의 타자를 연속으로 삼진을 잡는다는 건 거의 불가능에 가까운 일이니까.

그런데 더 놀라운 사실은 아직 기록은 깨지지 않았다는 점이다.

16번째 타자가 타석에 들어섰다.

에디 앤더슨. 샌디에이고 파드리스의 7번 타자, 3루수.

수비는 꽤 준수한 편이지만, 타격은 솔직히 3루수라는 포지션에 어울리지 않을 정도로 약하기만 했다.

때문에 스토브리그에서 샌디에이고가 3루수를 영입하기 위해 발버둥을 쳤지만, 아쉽게도 영입을 하지 못했고 덕분에 아직까지도 선발 멤버로 남아 있는 선수가 에디 앤더슨이다.

타석에 선 에디 앤더슨의 모습은 솔직히 말해서 상위 타선의 타자들과 비교했을 때, 만만하게 보였다.

첫 번째 타석에서도 무기력하게 배트를 휘두르다 삼진을 당하고 말았다.

그 때문인지 위축되어 있는 모습처럼 보였다.

초구는 몸 쪽 낮은 코스의 스트라이크 존을 통과하는 포심 패스트볼을 던졌다.

"스트라이크!"

에디 앤더슨은 아랫입술을 짓씹으며 나를 노려봤다.

두 번째 공은 우타자가 가장 싫어하는 바깥쪽을 살짝 걸치는 컷 패스트볼.

"스트라이크!"

주심의 콜에 관중석 곳곳에서 흥분한 관중들의 호흡 소리가 들려왔다.

2스트라이크 노볼.

공 하나면 또다시 삼진이다.

16타자 연속 삼진!

관중들은 눈도 깜빡하지 않았고, 모든 행동조차 멈추고 있었다.

역사적인 순간이다.

오늘의 경기를 평생의 자랑거리로 삼아도 좋을 정도다.

이런 대기록의 경기를 직접 관전한다는 건 메이저리그의 팬으로서 정말 어마어마한 행운이라 불러도 좋았다.

세 번째 공에 대한 토렌스의 사인이 나왔다.

나와 일치했다.

위축되어 있는 에디 앤더슨의 배트를 허무하게 허공으로 이끌어 낼 수 있는 최상의 공, 높은 코스의 포심 패스트볼이다.

가만히 있으면 볼이지만, 현재 심리적인 압박감에 시달리고 있는 에디 앤더슨이라면 눈에 공이 들어오는 순간 이것저것 계산할 여유 없이 배트를 휘두르고 만다.

스트라크 존에서 공 하나가 완전히 빠지는 볼을 던졌다.

쇄애애액.

날아가는 공.

동공이 확장되며 허리를 비틀며 배트를 휘두르는 에디 앤더슨.

딱.

배트 윗부분에 공이 맞았다.

하늘 높이 뜬 공이 1루 쪽으로 날아갔다.

1루 수비를 하고 있던 미치 네이는 당황한 얼굴로 공을 바라보며 조금씩 움직였다.

바람을 탄 공이 아주 조금씩 라인 밖으로 움직였지만, 아직까지는 확실하게 1루 선상 안쪽이었다.

베이스는 이미 넘어섰으니 어디에 떨어지느냐가 관건.

모두의 시선이 공과 1루수 미치 네이를 향했다.

미치 네이는 공을 바라보고, 자신의 위치를 확인하느라 바빴다.

라인 안으로 떨어지면 안타, 라인 밖으로 떨어지면 파울.

다른 때였다면 고민할 것 없이 쉽게 잡으면 그만인 공이다.

그런데 지금은 무작정 잡을 수가 없는 공이었다.

안타가 될 공이라면 무조건 잡아야 하지만 만약 파울이 될 공이라면 잡지 말아야 했기 때문이다.

파울로 처리해야만 다시 한 번 나에게 삼진의 기회를 줄 수 있으니까.

공을 따라 움직이던 미치 네이가 1루 선상에서 멈춰섰다.

높이 뜬 공이 이제는 아래로 떨어지고 있었다.

안타냐, 파울이냐를 명확하게 판단할 수 없는 절묘한 위치에 선 미치 네이의 얼굴은 딱딱하게 굳어 있었다.

"잡지 마!"

관중석에서 누군가가 소리쳤다.

그 소리에 미치 네이의 몸이 움찔거렸다.

"잡지 마! 잡지 마!"

한 명의 외침이 서너 명이 되고, 이윽고 수백수천의 관중이 하나같이 타구를 잡지 말라며 소리쳤다.

"잡아! 잡아야 돼!"

잡지 말라는 관중들 속에서 잡아야 한다며 소리치는 관중이 생겨나자, 그에 힘을 얻은 일부 관중들도 한목소리로 잡으라고 소리쳤다.

한쪽에서는 잡으라고 하고, 다른 한쪽에서는 잡지 말라고 하고.

굳은 표정의 미치 네이는 마지막으로 자신의 위치와 타구의 방향을 확인했다.

타구가 땅에 떨어져 봐야 알 정도로 선상 바로 위에서 공이 떨어지고 있었다.

이미 1루 베이스를 지나쳤기 때문에 타구가 라인 안쪽으로 떨어진 후 굴러서 라인 바깥으로 빠진다 하더라도 안타.

라인을 맞아도 안타다.

오직 라인 밖으로 공이 떨어져야만 파울로 선언이 되는 상황이었다.

"잡아! 잡아!"

"잡지 마! 잡지 마!"

잡으라는 관중들과 잡지 말라는 관중들의 외침이 미치 네이를 괴롭히고 있었다.

만에 하나라도 안타가 된다면?

삼진 기록뿐만 아니라 지금까지 이어져 오던 퍼펙트게임마저 끝이 나고 만다.

터—억.

고민에 빠져 있던 미치 네이는 결국 글러브를 들어 타구를 잡아버렸다.

"아아아아아아……!"

장탄식을 터트리며 털썩 주저앉은 관중들이 속출했다.

일부 과격한 관중들은 욕설을 내뱉으며 미치 네이를 비난했다.

타구를 잡은 미치 네이가 날 바라봤다.

뭐라고 규정을 지을 수 없는 표정을 짓고 서 있었다.

복잡한 감정이 잔뜩 꼬여 있는 표정의 미치 네이의 모습에 나는 괜찮다며 희미하게 웃어주고 말았다.

연속 삼진 기록은 15명의 타자로 끝이 났다.

솔직히 아쉬운 마음이 없다면 그건 거짓말이다.

기록에 연연하면서 공을 던진 건 아니었지만 충분히 삼진의 가능성이 높은 상황에서 빗맞은 타구가 발생했고, 그것이 안타냐 파울이냐를 구분할 수 없었다는 건 아쉽기만 했다.

'결국은 내 운이지 뭐.'

미치 네이도 그 짧은 순간 사이에 무수히 많은 고민을 했을 거다.

그리고 그가 내린 결론은 단 하나였겠지.

두 가지의 가능성을 모두 포기하느니, 하나의 가능성만이라도 살리겠다는 의지인 거다.

이제 남은 건 퍼펙트게임이다.

미치 네이가 직접 내게 다가와 공을 건네주며 입을 열었다.

"부탁한다."

무엇을 부탁한다는 소리인지 충분히 알 수 있다.

여기서 퍼펙트가 깨지면 두고두고 미치 네이는 욕을 먹을 수도 있다.

"최선을 다해보죠."

"내 부탁을 들어주면 네가 원하는 게 뭐든 다 들어줄게."

미치 네이는 그렇게 말하고는 1루 수비를 하기 위해 돌아갔다.

여전히 일부 관중들은 그를 향해 욕설을 내뱉고 있었다.

마음만 같아서는 미치 네이를 비난하지 말라고 소리치고 싶었지만, 경기 중에 그런 말을 해서 좋을 것 없다는 걸 알기에 최선을 다해 투구를 하기로 마음먹었다.

＊　　　＊　　　＊

―지혁 차! 대단합니다! 연속 삼진 기록이 깨졌지만, 여전히 흔들리지 않고 위력적인 피칭으로 조시 벨라를 또다시 삼진으로 처리합니다!

―믿어지지 않는 군요! 어떻게 저런 어린 투수가 기록에 연연하지 않고 피칭을 이어나갈 수 있는지 불가사의할 정도군요!

―오늘 경기를 보시고 계신 다저스 팬들은 과연 시범 경기에서 봤던 그 투수가 맞는지 의심이 드실 것 같습니다!

―시범 경기 때와는 완전히 다른 지혁 차군요. 우선 오늘 최고 구속이 102마일이고, 그 외의 다른 구종들 역시 대단하군요. 무엇보다 시범 경기 때처럼 모든 타자들을 상대로 굉장히 공격적인 피칭을 하고 있지만, 결과는 전혀 다르군요. 이걸 도대체 어떻게 설명해야 할지 모르겠어요.

―맥스 프리드, 헛스윙으로 두 번째 삼진을 당하며 샌디에이고 파드리스의 6회 초 공격이 끝났습니다! 이렇게 되면 에디 앤더슨의 타구가 정말 아쉽다고밖에 할 말이 없습니다. 길버트, 아무래도 오늘 미치 네이의 타구 판단이 상당한 논란거리가 될 수밖에 없는데, 어떻게 보셨나요?

―솔직히 정말 애매한 타구였죠. 지금 다각도에서 촬영된 화면이 나오고 있습니다만, 보는 것과 같이 타구가 어디로 떨

어질지 쉽게 예측을 할 수가 없을 정도로 판단이 어려웠죠. 미치 네이로서도 굉장히 고민을 했겠지만, 결국 타구를 잡았죠. 그 판단이 오늘 경기 이후 어떤 식으로 평가를 받게 될지 알 수 없지만, 야수로서 미치 네이는 자신의 역할을 했다는 것만큼은 비난할 수 없죠.

─하지만 아쉬운 건 사실입니다. 6회에도 지혁 차는 두 명의 타자를 삼진으로 잡았습니다. 만약 미치 네이가 잡은 타구가 파울로 판정이 됐다면 15타자 연속 삼진이 18타자 연속 삼진으로 늘어날 수도 있었을 겁니다.

─물론 가능성이 없는 말은 아니죠. 하지만 결과는 아무도 모르죠.

─그렇긴 합니다만, 아쉬운 건 사실이죠.

─연속 타자 삼진 기록을 멈췄지만, 지혁 차는 오늘 또 하나의 대기록에 도전을 하고 있죠.

─그렇습니다! 퍼펙트게임입니다! 무엇보다 신인 투수가 데뷔전에서 퍼펙트에 성공을 한다면 메이저리그 역사상 최초이며, 절대 깨지지 않을 불멸의 기록으로 남게 됩니다! 재밌는 기록은 지혁 차는 한국에서도 데뷔전에서 퍼펙트게임에 도전을 했다가 포수의 실책으로 노히트 게임으로 그쳤다는 겁니다.

─한국에서도 그렇고 메이저리그에 와서도 정말 충격적인 데뷔 무대를 치르는 지혁 차군요.

—속단하긴 이르지만, 이 정도의 투수라면 LA 다저스의 2억 5천만 달러가 결코 아깝지 않을 것 같습니다.

—아까울 수가 없죠. 데뷔전에서부터 이미 전국구 스타로 이름을 알리게 되었고, 무엇보다 지혁 차의 나이가 한국 나이로 21세지만 미국 나이로는 19세죠. 7년 후라 하더라도 26세. 투수로서 절정의 기량을 뽐내는 시기이니 벌써부터 재계약에 들 금액이 얼마나 될지 예측조차 불가능하군요.

—그리고 보면 오늘 만약 퍼펙트게임이나 노히트 게임이 나온다면 메이저리그 역대 최연소 투수로서 지혁 차의 이름이 기록됩니다. 지금까지의 기록을 살펴보면 1968년 미네소타 트윈스를 상대로 오클랜드의 투수였던 캣피시 헌터 선수가 22세의 나이로 최연소 퍼펙트게임의 주인공이고, 노히트의 경우 바이다 블루 선수가 21세입니다. 퍼펙트게임이든 노히트 게임이든 어느 것 하나라도 오늘 경기에서 달성될 경우 메이저리그 역사상 최연소 투수가 등장하게 됩니다.

—과연 오늘 어떤 결과가 나올지 정말 궁금하군요.

—맥스 프리드, 투 아웃까지 잘 잡아 놓은 상황에서 웨인 스테인에게 볼넷을 줬습니다. 타석에는 아직까지 오늘 경기의 히어로인 지혁 차 선수가 들어섭니다. 투수로서의 피칭 능력은 굉장하지만 타자로서의 타격 능력은 솔직히 크게 기대할 것이 없는 지혁 차 선수입니다. 앞서 있었던 두 번의 타석에서는 모

두 삼진으로 물러났는데 이번에는 어떨지 지켜보겠습니다.

＊　　　＊　　　＊

다시 돌아온 타석.

솔직히 어느 누구도 나에게 타자로서의 타격을 기대하진 않을 거라 생각한다.

투수에게 타격까지 잘하길 바라는 건 분명 과한 욕심이니까.

하지만 3번씩이나 삼진을 당하고 싶은 마음은 없었다.

범타!

안타는 바라지도 않는다.

그냥 타구를 그라운드 안으로 넣는다면 그걸로 만족한다.

평소보다 배트를 짧게 잡을까 고민하다 고개를 저었다.

맥스 프리드의 공이 빠르게 느껴지는 건 사실이지만, 배트 스피드가 따라가지 못할 정도로 빠른 공은 아니었다.

"초구에 냅다 갈겨 버려. 어차피 너도 투수가 타석에 들어서면 초구에 무조건 스트라이크 잡으려고 하잖아? 상대 투수도 마찬가지야. 더욱이 너처럼 무기력하게 두 번씩이나 삼진을 먹은 투수를 상대로 굳이 어렵게 초구를 던지려고 하겠어?"

타석에 들어서기 전, 형수가 했던 말이다.

충분히 공감이 가는 말이었기에 초구부터 힘껏 배트를 휘두르겠다 마음을 먹고 타석에 들어섰다.

마운드에 선 맥스 프리드가 1루 주자를 의식하고 있다.

'무조건 패스트볼이다!'

맥스 프리드에게 패스트볼 계열은 포심 패스트볼과 컷 패스트볼이 전부다.

확률적으로 컷 패스트볼보다는 포심 패스트볼을 던질 확률이 압도적으로 높았다.

그러니 나는 무조건 포심 패스트볼이라 여기고 배트를 휘두른다.

코스는?

고민하지 말고 몸 쪽으로 생각한다.

앞선 두 타석에도 몸 쪽 공을 위주로 던졌으니까.

반보 정도 홈 플레이트에서 멀게 섰다.

무조건 몸 쪽 공을 의식한 위치다.

1루 주자를 힐끔 바라본 맥스 프리드가 곧바로 공을 던졌다.

일직선상으로 쭈욱 날아오는 공.

'포심 패스트볼! 그리고 몸 쪽 코스!'

예상 적중이다.

미련 없이 부드럽게 몸을 회전시키며 타격을 했다.

따—아악!

손에 느껴지는 감각이 없다.

이건 맞는 순간 알 수 있다.

타격을 한 나도 그렇고, 마운드 위에서 당황한 얼굴을 하고 있는 맥스 프리드도 그렇다.

'넘어갔다!'

배트를 옆으로 던지고 1루를 향해 뛰며 타구를 바라봤다.

타자가 만들어 낼 수 있는 가장 황홀한 곡선을 그리며 타구가 좌측 담장을 향해 날아갔다.

샌디에이고의 좌익수 도미닉 스미스는 타구를 따라 내달리다 워닝 트랙 앞에서 멈춰서고 말았다.

—와아아아아아아!

열광적인 함성이 다저 스타디움을 흔들었다.

6회 초까지만 하더라도 쥐 죽은 듯 조용했던 다저 스타디움은 언제 그랬냐는 듯 엄청난 함성과 박수 소리가 천둥처럼 울려 퍼지고 있었다.

메이저리그에서 홈런을 칠 줄이야.

빠르게 뛰는 심장 박동을 천천히 잠재우기 위해 그만큼 느린 속도로 베이스를 돌았다.

마운드 위에 서 있는 맥스 프리드의 표정이 붉으락푸르락 거렸다.

베이스 러닝 속도에 꽤나 불만을 갖고 있는 듯싶지만, 타자도 아닌 투수인 내게 홈런을 치고 빠르게 달리라고 요구하는 건 솔직히 무리다.

더욱이 2아웃 상황이라 자칫 숨을 제대로 고르지도 못한 상황에서 마운드에 올라가야 할 가능성도 있었다.

다음 이닝 투구를 위해서라도 천천히 뛸 필요가 있었다.

맥스 프리드나 샌디에이고 선수들 입장에서는 짜증나겠지만.

홈 베이스를 밟자 미리 득점을 한 웨인 스테인과 다음 타자인 던컨 카레라스가 나에게 하이파이브를 해왔다.

더그아웃으로 들어가자 게레로 감독부터 모든 코치와 선수들이 하이파이브를 해주며 축하 인사를 건넸다.

"넌 진짜 괴물이다, 괴물이야! 투수가 홈런까지 치면 어쩌라는 거야?"

형수가 질렸다는 표정으로 날 바라봤다.

"초구에 냅다 갈기라며?"

"말이 그렇다는 거지! 그리고 그렇다고 홈런까지 칠 줄 누가 알았냐!"

형수의 말을 들으며 피식 웃고 말았다.

6실점을 해버린 맥스 프리드였지만, 에이스의 자존심 때문인지 6회까지는 맡겨 둘 작정인지 던컨 카레라스와 4번째 승부를 벌이기 시작했다.

오늘 멀티 히트를 기록하면서 이적 첫 경기에서 꽤 준수한 활약을 보이고 있는 던컨 카레라스는 자신감이 붙은 4번째 승부에서도 기어이 유격수와 3루수 사이를 꿰뚫어 버리는 안타를 만들어내며 맥스 프리드를 만신창이로 만들어 버렸다.

이어진 크레이그 바렛마저 안타를 치고 나가자 샌디에이고 더그아웃에서 코치가 올라왔다.

몇 마디의 말을 건네며 어깨를 두드려 주고는 내려갔지만, 3번 타자 코리 시거까지 2타점 2루타를 터트렸고, 홈런을 쳤던 트라웃에게 또다시 안타를 허용하자 결국 아웃 카운트 하나를 남겨두고 맥스 프리드가 마운드에서 내려오고 말았다.

바뀐 투수를 상대로 미치 네이는 초구를 타격했다가 중견수 뜬공으로 잡히며 6회 말 공격이 끝났다.

"여유 많으니까 편하게 던져라."

형수의 응원을 받으며 7회 초 마운드에 올라섰다.

『100마일』 6권에 계속…

즐거운 인생

미더라 장편 소설

FUSION FANTASTIC STORY

A Bittersweet Life

삶의 의욕을 모두 잃은 주혁.
어느 날 녹이 슨 금속 상자를 얻는데······.

"분명 어제도 3월 6일이었는데?"

동전을 넣고 당기면 나온 숫자만큼 하루가 반복된다!

포기했던 배우의 꿈을 향해 다시금 시작된 발돋움.
눈앞에 펼쳐진 새로운 미래.

과연 그는 목표를 이루고
인생을 바꿀 수 있을 것인가!

Book Publishing CHUNGEORAM

유행이 아닌 자유추구 -
WWW.chungeoram.com

네르가시아 장편 소설
FUSION FANTASTIC STORY

THE MODERN
MAGICAL
SCHOLAR

현대
마도학자

나르서스 제국의 전쟁영웅이자
마나코어를 개발한 천재 마도학자 카미엘!

그러나 제국의 부흥을 위한 재물이 되어
숙청당하는데……

『현대 마도학자』

죽음 끝에 주어진 또 다른 삶.
그러나 그에게 남겨진 것은 작은 고물상이 전부였다.

더 이상의 밑은 없다!
마도학자의 현대 성공기가 시작된다!

Book Publishing CHUNGEORAM

내일을 향해 쏴라

김형석 장편 소설
FUSION FANTASTIC STORY

1만 시간의 법칙!
'성공은 1만 시간의 노력이 만든다' 는 뜻이다.

그러나…
사회복지학과 복학생 수.
전공 실습으로 나간 호스피스 병동에서
미지와 조우하다.

1만 시간의 법칙?
아니, 1분의 법칙!

전무후무한 능력이 수에게 강림하다!
맨주먹 하나로 시작한 수의
인생역전이 시작된다!

Book Publishing CHUNGEORAM

WWW.chungeoram.com